白鳥とコウモリ（下）

東野圭吾

幻冬舎文庫

白鳥とコウモリ（下）

28

三河安城《みかわあんじょう》駅からタクシーに乗り、篠目《ささめ》までお願いしますといった時、和真《かずま》の胸に一瞬不安がよぎった。地名から運転手が事件のことを想起しないかと思ったのだ。

かなりの年配と思われる運転手は、「篠目というても広いで。どのあたり？」と三河弁のアクセントで訊《き》いてきた。

「三丁目の交差点です」

「ああ、あそこ」運転手は特に興味を示したふうでもなく車を発進させた。

実際には倉木《くらき》家は三丁目の交差点からだと少し離れている。だがあまり近くだと、運転手がよからぬ想像を働かせるのではないかと恐れたのだ。

考えすぎかもしれない。しかし一九八四年に岡崎市で起きた殺人事件の犯人だと思われていた人物――留置場で自殺した人物はじつは無実で、つい最近になって別の事件で逮捕された男が真犯人だったこと、そしてそれが篠目の住人だということがどの程度に地元で広がっているのか、和真にはまるで見当がつかなかった。

幸いかたまたまか、運転手は無言だった。和真は、最近このあたりで何か変わったことがなかったかどうかを訊こうかと一瞬だけ考えたが、やぶ蛇になってもまずいと思い、結局黙っていた。

車窓から外を眺めた。この地に帰ってきたのは二年ぶりだった。親戚の法事に顔を出したのが最後だ。あの時には親戚の人間たちから、東京に行ったきり戻らないことについて、ずいぶんと責められた。特に父親の老後をどう考えているのかと詰問された。それに対し、そんなことは何とかなるから放っておいてくれ、といい返していたのは達郎本人だ。親戚たちは、あんたのことが心配だからいってるのに、と不満そうな顔をしていた。

その親戚からの連絡は全くない。堀部《ほりべ》によれば、達郎は親戚たちにも手紙を書いたらしい。内容は不明だが、和真にはおおよその想像はつく。このたびの事件によって大いに迷惑をかけているであろうことを深く詫び、親戚の縁を切ってもらって構わないというものだろう。つまり和真が受け取ったものと、ほぼ同じ内容に違いない。

愛知県三河地方には親戚同士の結びつきの強い家が多い。倉木家も例外ではなく、しょっちゅう何だかんだで集まりがあった。和真も上京する前は必ず参加させられていた。達郎がそういう手紙を出したからといって、長男が知らぬ顔をしているわけにはいかない。本来なら親戚に頭を下げて回らねばならないのだろう。とはいえ、今はとてもそんな気力は湧いてこなかった。

今回この地に帰ってきたのは、別の目的があったからだ。達郎のことをもっと調べてみようと思ったのだ。特に父の過去が知りたかった。

今度の事件について、和真には納得できることが殆《ほとん》どない。東京在住の弁護士を殺害したという事実もそうだが、その動機である一九八四年の殺人事件も寝耳に水の話で、実のところ未だに受け入れられないでいるのだ。

自分が子供だった頃の父親に関する記憶は、今も鮮やかに残っている。誠実で優しく、面倒見のいい人物だった。家族にとっても頼もしい存在だった。だがあの顔の下に、殺人犯という別の顔が隠されていたというのか。

そんな馬鹿な、何かの間違いに決まっている――その思いが頭から消えない。

しかし達郎が『東岡崎《ひがしおかざき》駅前金融業者殺害事件』に関わっていたのは事実のようだ。『週刊世報』の記事には、達郎が遺体の発見者として警察の事情聴取を受けていたと書かれていた。そのことを記者に話したのは達郎の職場での元同僚らしいから、嘘ではないのだろう。

もし本当に達郎が犯人だったとして、なぜその時には捕まらなかったのか。遺体の発見者といえば、推理小説やミステリードラマでは、最も怪しい存在ではないか。達郎自身は、警察が自分を容疑者とするほどの決定的な根拠を見つけられなかったのだろうと語っているらしいが、日本の警察が、そう簡単に嫌疑を捨てるとは思えない。そんなことをしていたら、未解決事件だらけになってしまう。

やはり何かがおかしい。考えれば考えるほど、達郎が本当のことを話していないような気がしてくる。

和真の脳裏に焼き付いた台詞《せりふ》が不意に蘇った。

あたしも、あなたのお父さんは嘘をついていると思います。うちの父は、あんな人間ではありません――白石健介《しらいしけんすけ》の娘が、別れ際に放った言葉だ。

あんな人間、とはどういうことだろうか。文脈から察するに、達郎の供述に登場してくる白石健介の人間像について不満を抱いているように聞こえる。

とはいえ、供述調書のどこにも白石健介の人間性を特に貶《おとし》める表現はなかったはずだ。

むしろ読んだかぎりでは、親切で極めて正義感の強い善人という印象を受ける。となれば、供述調書に記されている白石健介の言動自体に納得できないということか。

つまり、時効によって殺人罪を免れた相手に、本当に償う気があるのなら真相を明らかにすべきと迫ったとあるが、父ならそんなことをするわけがない、そんな人間ではない、と彼女はいいたかったのではないか。

殺人事件の被害者遺族というのは辛いものだろうな、と和真は当たり前のことを今さらながら思い知った。愛する家族を殺されたという事実自体が不条理なのだから、せめて動機だけでも納得できるものであってほしいのだろう。犯人の供述内容を読み、引っ掛かることがほんの少しでもあれば、何とかして明らかにしたいと思うのは当然だ。裁判とは本来そういう場であるはずだが、今のままでは達郎の供述が真実という前提ですべてが決まり、終わってしまう。白石の娘は、それに対して強い苛立《いらだ》ちを感じているのかもしれない。

彼女の顔を思い出し、和真は不思議な感覚に襲われた。加害者の息子と被害者の娘、立場は全く違うのに、求めているものは同じではないか、という気がするのだ。もちろん、こんなふうに感じていると彼女が知ったら激怒するに違いなかったが――。

あれこれと思考を巡らせているうちに目的地に到着した。和真はタクシーを降りる前にマスクを装着した。道端で知っている人間に出会わないともかぎらないからだ。小学校や中学校の同級生だって、この地には未だにたくさん住んでいるはずだ。冬でよかったと思った。夏にマスクをしていたら、却って目立ってしまう。インフルエンザの流行が、今はありがたかった。

タクシーから降りると、注意深く周囲に視線を走らせながら倉木家に向かった。懐かしい故郷のはずだが、今日の和真はまるで敵地に忍び込んだ工作員の心境だ。

車移動が前提の町なので、東京に比べれば歩行者は格段に少ない。それでも全くいないわけではないから気を抜けなかった。前方から人が来るたびに、髪をかき上げるふりなどをしながら目元を隠した。

今日ここへ来ることは堀部には電話で知らせた。父がいなくなって実家の様子が気になるから、と説明した。だが事件現場を教えてほしいと頼んだ時と同様、弁護士の反応は芳《かんば》しくなかった。

「あなたの家ですからね、帰るなという権利は私にはありません。留守宅が気になるというのも理解できます。でもきっと、あまりいい思いはしないと予想しておいたほうがいいです。というのは――」

　堀部の話では、この家にも家宅捜索が入ったらしい。達郎の供述の裏付けが目的で、書簡類や名簿などを押収したそうだ。

「検察側が裁判の証拠として提出するようなものは見つからなかったようで、そのことは問題ではないんです。ただ、それをきっかけに、近所の人々は間違いなく今度の事件を知ったに違いありません。だからあなたが帰ってきたとなれば、おかしな難癖をつけてくる人間も出てくるかもしれない。町のイメージを悪くした、とかね」

「わかりました。覚悟しておきます」

「一番いいのは、気づかれないことです。誰にも見つからず、こっそりと家の様子を確認して、無事に東京に戻ってこられることを祈っています」

　ありがとうございます、と礼をいいながら複雑な気持ちだった。弁護士に何かを相談するたび、余計なことをするな、目立つな、息をひそめていろ、といわれる。

　いよいよ実家の近くに来た。緊張はさらに高まった。周りの様子を窺《うかが》いながら近づいていく。間もなく家の前というタイミングで、どこからか人の話し声が聞こえた。和真は咄嗟《とっさ》に家の前を通り過ぎていた。

次の角を曲がったところで後戻りし、もう一度家に近づいた。通りに人がいないことを確認すると、素早く玄関に駆け寄り、鍵を鍵穴に突っ込んだ。解錠のカチリという音がやけに大きく感じられる。ドアを開け、身体《からだ》を滑り込ませた。ドアを閉めて施錠すると、息を吐き出した。こんなに緊張する帰省は生まれて初めてだ。

鼓動の高鳴りが収まってから靴を脱ぎ、家に上がった。

十数年間を過ごした家は、大人になってから見回すと、記憶にあるよりこぢんまりとした印象だった。廊下の幅はこんなに狭かったのか、と新たな発見をしたような気分だ。

居間に入り、室内を見回す。家にしみこんだ線香に似た匂いに、切ない思いがこみ上げてきた。幸せな子供時代を過ごしたはずの家が、無残な廃墟になったような気がした。

壁際の茶簞笥《ちゃだんす》に近づいた。ガラス戸の入った中段の棚を挟んで、上段には小さな引き戸のついた棚が、下段には大きな引き戸と抽斗《ひきだし》のついた棚がある。ガラス戸の向こうに茶碗や急須が並んでいる光景は、和真が子供の頃から変わらない。最近はペットボトルの茶ばかりで、急須で茶を淹《い》れたことなどない、と達郎が話していたのを思い出した。

上段の引き戸を開けてみると、茶筒や紅茶のティーバッグ、ジャムの瓶などがぎっしりと詰め込まれていた。ジャムの瓶を手に取ってみると未開封で、賞味期限は十年以上前に切れていた。日本茶やティーバッグも同じようなものだろう。

下段の引き戸を開けるとノートやファイルが並んでいた。ノートを引き抜いてみたところ古い家計簿だった。筆跡は母のものに違いなかった。何年分もの家計簿を捨てずに取っておいた意図は不明だが、母にとっての日記のようなものだったのかもしれない。

ファイルの中身は料理のレシピを雑誌などから切り取ったものだった。

要するにこの茶簞笥に収められているのは、達郎ではなく母の過去なのだ。家宅捜索に当たった連中も、きっと拍子抜けしたことだろう。

だがファイルを戻す際、一番端に差し込まれている分厚い背表紙を見て、はっとした。母の過去だけではなかったと思い直した。

それはアルバムだった。簡易タイプではなく、立派な表紙のついたものだ。子供の頃に開いた覚えがあったが、ある程度成長してからは見ていない。家族で記念写真を撮ることなどなくなったからだ。

徐《おもむろ》に表紙を開いた。最初のページに貼られていたのは、両親の結婚写真だった。羽織袴の達郎が立ち、その横に文金高島田の母が座っていた。

母の名前は千里《ちさと》といった。社内結婚だった、と和真は聞いている。

写真の中の二人は若い。ただしカラー写真の色は、かなり褪《あ》せていた。和真が生まれるより二年ほど前の日付が、すぐ横に記されていた。

次のページにも二人のツーショットが何枚か貼ってある。どうやら旅先だと思われた。二人の背後に巨大なしめ縄が写っている。写真の傍らには小さな文字で、『出雲大社にて』と書かれていた。

新婚旅行では出雲《いずも》大社へお参りに行った、という話を聞いた記憶があった。倉木家の歴史の始まりというところか。

そして次のページに貼られていたのは赤ん坊の写真だった。布団の上で、全裸で寝かされている。もちろん和真だった。倉木家にとって新婚旅行の次に大きなイベントは、長男の誕生だったわけだ。

その後、親子三人の写真がしばらく続く。息子を連れ、いろいろなところへ行ったようだ。海、山、公園――。

クリスマスの写真があった。サンタクロースの格好をした和真を両親が挟み、カメラに向かってにっこりと笑っている。写真の隅に印字された日付は、一九八四年十二月二十四日となっていた。

一九八四年──『東岡崎駅前金融業者殺害事件』が起きた年だ。

和真は写真を凝視した。達郎はトナカイの角を模した帽子を被っている。その楽しげな表情からは、殺人者の気配など微塵《みじん》も感じられない。

さらにページをめくった。和真が手を止めたのは、奇妙な集合写真を見つけたからだった。この家を背景に、親子三人のほか、十人ほどの男性が写っていた。日付は一九八八年五月二十二日となっていて、傍らに、『念願のマイホームに引っ越し！』と力強く書き込まれていた。

ああそうか、と合点《がてん》した。引っ越しは、和真の最も古い記憶の一つだ。大勢の男性が次々とトラックから荷物を運び入れている光景が脳裏に残っている。引っ越し業者かと思っていたが、そうではなかった。この写真に写っているのは、おそらく達郎の会社の同僚たちだ。達郎が勤めていた頃、後輩の引っ越しを手伝うといって、日曜日に出かけていったことがあった。当時は、そういう慣習があったらしい。職場の一体感を高めるのに効果的だったのかもしれない。

その後も家族写真が何枚か続くが、和真の小学校入学式をきっかけに、両親が写っているものは極端に減っていった。遠足、運動会、林間学校といった学校絡みの写真ばかりだ。たまに海水浴や初詣で親子で撮った写真などはあるが、和真の横にいるのは大抵母の千里だ。達郎はシャッター係に徹していたのだろう。

和真はアルバムを閉じ、茶箪笥に戻した。懐かしい写真ばかりだが、眺めているうちに虚《むな》しさも迫ってくる。それに自分自身の思い出に浸っている場合ではない。ここへ来た目的は、達郎の過去を調べることだ。

とはいえ三十年以上前の達郎について調べるには、何を探せばいいだろうか。一番都合がいいのは日記だが、そんなものを書いていたという話は一度も聞いたことがない。それにもしそんなものがあるのなら、警察が持ち去っているのではないか。

とにかく古いものを探してみようと思った。三十年前、達郎はどんなことを考え、どんなふうに日々を過ごしていたか、それを窺えるものを見つけるのだ。警察にとっては何の価値もなくても、身内には意味があると思えるものが残されているかもしれない。

居間を出て、隣の部屋に移動することにした。本来は客間で、千里が亡くなって以来、達郎が主に使っていた部屋だ。元々、夫婦の寝室は二階だったのだが、階段を上り下りするのが面倒だし、客が泊まりに来ることなどめったにないということで、千里の死をきっかけにここを自室にしたようだ。和真の部屋も二階だが、現在どうなっているのかはよく知らなかった。空気の入れ換えぐらいはしていたかもしれないが、出し散らかしたものなど、たぶん和真が最後に部屋を出た時のままだろうと思われた。

部屋の戸を開け、蛍光灯のスイッチを入れると、足を踏み入れる前に中の様子を確かめた。ざっと眺めたかぎりでは、家宅捜索に入られたようには見えなかった。むしろきちんと片付けられている印象だ。畳の上にあるのは座卓と座布団だけだ。座卓の上には電気スタンドしかない。本棚に目を向けたが書物が特に減っているようにも思えなかった。隣の箪笥を開けてみたが、畳まれた洋服がきちんと収められていた。

唯一、異状が感じられたのは抽斗の一つで、中のものが殆ど消えていた。和真は記憶を探り、ここには書簡類のほか、預金通帳などが入れられていたことを思い出した。おそらく警察が押収したのだろう。書簡類は人間関係を確認するためだろうし、通帳は不審な金の出入りがないかどうかを確かめるためかもしれない。

ほかに二つの抽斗があるが、そのどちらも明らかに中身が減っているように思われた。ただし何が入っていたのか、和真には見当もつかない。

抽斗の底に、大きな茶封筒が残っていた。かなりの厚みがある。古い書類のようなものが入っているようだ。

座布団に腰を下ろし、中のものを座卓に広げてみた。登記簿謄本、不動産の権利証といったものだった。そういえば達郎からの手紙に、これらのことが書いてあった。家は好きなように処分してもらってかまわない、とも。

社内預金の使用済み通帳やローンの契約書なども入っていた。そういえば、この家を購入するために会社から金を借りていた、と達郎から聞かされたことがあった。銀行よりも、はるかに利率が低かったらしい。だからローンを完済するまでは絶対に会社を辞められなかったんだ、ともいっていた。

はっとした。『東岡崎駅前金融業者殺害事件』の詳細を思い出した。交通事故を起こしたことを会社に知られたくなかった、というのが殺害動機だったとされている。会社を辞めたら、マイホームの購入資金を借りられなくなる——包丁を手にした時、達郎の頭にはそんな考えもよぎったのだろうか。

暗い想像に一層気持ちが重くなり、持っていた通帳を座卓に置いた時だ。インターホンのチャイムが鳴った。驚きのあまり、思わず尻を浮かせた。

誰だろうか、こんな時に——まるで想像がつかないまま部屋を出た。インターホンの受話器は何箇所かに取り付けてある。一番近いのは廊下だ。受話器を取り、「はい、どちら様でしょうか」と訊いた。

「お届け物です」男性の声がいった。

「えっ……あ、そうですか」

受話器を戻しながら首を捻《ひね》った。誰が何を送ってきたのか。現在、ここには誰もいないことを知らないのだろうか。

玄関に行き、ドアを開ける前にスコープを覗いてみた。外にいるのは宅配業者のジャンパーを着た男性だった。和真は錠を外し、ドアを開けた。

「倉木さんですか」男性が訊いてきた。

「そうですけど」

「下のお名前は？」

「和真です……」

すると男性は頷《うなず》き、左の耳に触れた。そこにイヤホンが差し込まれているのが見えた。

男性が上着のポケットから何かを出してきた。

「私は警察の者です。この家に不審な人物が侵入しているとの通報を受け、確認のために参りました」

彼が手にしているのは警察手帳だった。それを素早くしまった後、後ろを振り返り、片手を上げた。

門の外に一台のワゴンが止まっている。その陰から二人の男が現れた。一人は制服を着た警官で、もう一人はフード付きの防寒着を羽織った老年の男性だった。その顔を見て、はっとした。和真が昔からよく知っている人物だった。隣の住人で、吉山《よしやま》といった。

倉木さん、と宅配業者の格好をした警官が呼びかけてきた。

「これはお答えにならなくても結構ですが、もし差し支えなければ、この家で何をしておられたか教えていただけますか」

「何をって、大したことはしてないです。家の様子を見に来ただけです。父がずっと留守にしていますから」

「なるほど」警官は和真の顔と玄関とを交互に見つめた後、ぴんと背筋を伸ばした。

「異状のないことは確認できましたので、引き揚げさせていただきます」

「あ、はい」

失礼します、といって警官は急ぎ足で門から出ていき、ワゴンに乗り込んだ。ワゴンは発進し、制服警官も自転車に乗って去っていった。後に残ったのは吉山だけだ。ばつの悪そうな顔をしている。

和真は達郎のサンダルを履き、外に出ていった。

「御無沙汰しています」吉山に挨拶した。

「いや、あのね」吉山は髪の薄くなった頭に手をやった。「さっき庭にいたら、物音が聞こえたんだわ。ばたんとドアが閉まるような音。それがね、おたくから聞こえてきたようで、おかしいなあと思ったんだ。だってほら、おたくには誰もおらんはずだろ。で、家のほうをよう見とったら、明かりがついたんだわ。これはもしかしたら変なやつが忍び込んだのかもしれんと思って、警察に通報したっちゅうわけでね。いやあ、ごめん。和真さんが帰ってるとは、全く思わんかったもんで」

「警官と一緒にワゴンの陰から見ていたんですか」

「そうなんだわ。家から出てくるのが、もし知っとる人ならそういってくれ、といわれてね。それで出てきたのが和真さんだとわかったんで、おまわりさんにそういったんだわ」

そのことが無線を通じて、あの警官に伝えられたのだろう。

自分たちの立場を改めて思い知らされた気分だった。愛知県警にとっても、倉木家は特別な存在なのだろう。だからちょっとした通報でも駆けつけてくる。わざわざ宅配業者に化けたのは、警察だと名乗って、不審者に逃走されたらまずいと警戒したからだろう。あのワゴンの中には、ほかにも警官が乗っていたのかもしれない。

「ほんとごめんね。大騒ぎしちゃって」吉山は顔の前で片手拝みをした。

「いえ、こちらこそ、父のことで近所の皆さんに御迷惑をおかけしているんじゃないかと申し訳なく思っています」

「迷惑っていうか、それはもうどえらいびっくりしたけどね」

一台の車が通り過ぎていった。運転席の男性が、二人のことをちらりと見たような気がした。

「立ち話も何だで、うちに入らん？　お茶でもどうよ」

「いや、でも……」

「気い遣わんでもええよ。どうせ、誰もおらんから」

さあさあと促され、隣の敷地に入った。

和洋折衷の応接間で、和真はガラステーブルを挟んで吉山と向き合った。

「じつは未だに信じられんのだわ。あの倉さんが人を殺しただなんて……」吉山が急須で日本茶を淹れながらいった。

「父とは最近でもお付き合いしてくださってたんですか」

「しとったよ。かみさんがパートに出とるから、うちも昼間は一人きりだ。町内会の集まりなんかは、よく一緒に行ったもんだ」

「そんなにお世話になったのに、今回のようなことになってしまい、本当に申し訳ありませんでした」和真はテーブルに両手をつき、頭を下げた。

吉山は、うーんと唸《うな》り声を上げた。

「和真さんが謝らんといかんのかなあ。とにかくやめまい。頭あげて。ほら、お茶飲んで」

湯飲み茶碗が差し出される気配があり、和真は顔を上げた。

「今もいったけど、ほんと信じられん。あの倉さんがなあ。何でそんなことになったのか。しかも三十年以上も前の殺人事件の真犯人って……。誰か別の人間の話だとしか思えん」

和真は、ふと思いついたことがあった。

「たしか吉山さんは、父と同じ工場で働いておられたんですよね」

「そうそう、所属は違ったけど、どちらも安城工場。倉さんは生産技術部で、こっちは生産ライン。昼休みに、ようトランプをした」

「その頃、父に何か変わった様子はなかったですか。もし本当に人殺しをしていたのなら、全く変化がないというのは、ちょっと考えられないんですけど」

「いやあ、それは」吉山は顔をしかめ、首を捻った。「さすがにそんな昔になると、覚えとらんとしかいいようがないな」

「そうですよねえ……」

だけど、と吉山はいった。

「記憶にないっちゅうことは、印象に残るようなこともなかったってことでもあるわけだ。倉さんはいつも通りだったんじゃないかなあ」

「東岡崎の事件のことを父から聞いてはいないんですか。遺体発見者として警察から事情聴取を受けたこととか」

「それなんだけど、うっすらと記憶はある。でも倉さん本人から聞いたのかどうかは忘れてしもうた。とにかく、大して印象に残っとらんのだわ」

吉山のいっていることには妥当性があった。事件が起きた直後、達郎に目立った変化がなかったのはたしかなのだろう。だからといって犯人ではないという根拠にならないことは十分にわかっているが。

「お茶、飲みな。冷めちゃうで」

「ありがとうございます。いただきます」

和真は湯飲み茶碗に手を伸ばした。その温もりが吉山の気遣いそのもののように感じられ、嬉しかった。冷たく扱われることを覚悟していたからだ。

「家はどうすんの？」吉山が尋ねてきた。「和真さんが住むわけではないだら？」

「はい、それは無理です。だから処分することになると思います。売れるかどうかはわかりませんけど」

「そうかあ。寂しいなあ。せっかくお隣同士になれたのにな。聞いとるかもしれんけど、うちの隣の土地が分譲に出とると、私が倉さんに教えたんだ」

「あっ、そうだったんですか」

「このあたりの土地の大半は、親会社の系列の住宅販売会社が分譲したんだ。系列だから、特別価格で買えた。それでうちの会社の人間が多いわけよ」

「その話は聞いたことがあります」

町内会の集まりに行けば、会社の人間に何人も会うと達郎がいっていた。

「処分か。それは残念だなあ。だけど、しょうがないわねえ。そうかあ。おたくが引っ越してきた時のことは、よう覚えとるよ。私も手伝わせてもらったからね」

「そうだったんですか。すみません、覚えてなくて」

先程見た写真の中に吉山も写っていたのかもしれない、と和真は思った。

「そりゃ無理ないわ。小さかったもん。そうそう、あの時は二週続けて倉さんに蕎麦《そば》を食わせてもらったなあ」吉山が遠い目をしていった。

「二週続けて？　蕎麦を？」

「そう、引っ越し蕎麦」

「どうして二週も？」

「いやそれがね、最初に引っ越しを予定していた日が雨で、できなくなったんだわ。ところが翌週の日曜は生憎《あいにく》仏滅だったもんだから、とりあえず形だけでもってことで、倉さんが雨の中、段ボール箱をいくつか車で運んできたわけよ。その時、出前で蕎麦を取ってくれてね、二人で食べたんだわ。で、次の日曜日に本格的に引っ越しをしたんだけど、その時には正式な引っ越し蕎麦が近所に配られた。それもいただいちゃったもんだから、二週続けて御馳走になったっちゅうことよ」

「ああ、そうだったんですか……」

和真は再び引っ越しした日の集合写真を思い浮かべた。本来の引っ越し予定日は、あれよりも一週間前だったらしい。

えっ、まさか——。

不意に動悸がし、和真は胸を押さえた。とんでもないことに気づいたからだ。それとも記憶違いか。

「うん、どうした？」吉山が怪訝《けげん》そうな顔をした。

「いえ、何でもないです。これでもう失礼します。お茶、ごちそうさまでした」

「そう。いや、あの、どんなふうにいっていいのかわからんけど、しっかりね。身体に気をつけて。自棄《やけ》になったらあかんよ」

「ありがとうございます。大丈夫です」

和真は立ち上がり、一礼してから玄関に向かった。吉山の心遣いはありがたかったが、

28

今は一刻も早く確認したいことがあった。

自宅に戻り、居間に駆け込んだ。茶箪笥を開け、アルバムを引っ張り出す。そして例の引っ越し写真のページを開いた。

やっぱりそうだ――。

日付は五月二十二日となっていた。だが当初の予定では、それより一週間前に引っ越すはずだった。つまり五月十五日だ。

一九八四年の五月十五日、『東岡崎駅前金融業者殺害事件』が起きている。

達郎は、自分が人を殺した日を、わざわざ引っ越しの日に選んだというのか。

29

仕事を終えて帰宅したが、リビングルームにもキッチンにも綾子《あやこ》の姿がなかった。だが美令《みれい》が階段を上がっていくと、物音が聞こえてきた。健介の書斎からだった。ドアが開いている。

近づいていき、中を覗いた。綾子が床に座り、書棚の本を段ボール箱に詰めていた。

ただいま、と声をかけた。

「ああ、お帰りなさい」綾子は振り向いたが、驚いた様子ではない。美令が帰ってきたことには気づいていたようだ。「ちょっと待って。すぐに夕食の支度をするから。シチューはもう作ってあるの」

「それはいいけど……遺品整理？」

「うん、まあね」綾子は額を掻いた。「このままにしておいてもいいのかなあとも思うんだけど、残しておくといつまでも吹っ切れないような気もして……」

「このままってわけにはいかないよ」美令は室内に入り、ベッドに腰掛けた。いつ頃から両親が寝室を別にするようになったか、記憶にない。「いつかは処分しなきゃいけない。どうせなら、早いほうがいいと思う」

「そうよねえ。いつまでこの家に住んでるかもわからないし」そういって綾子は天井を見上げた。

意外な言葉に、「それ、どういう意味？」と美令は訊いた。「この家を出るかもしれないってこと？」

だって、といいながら綾子は立ち上がった。

「いずれは美令も出ていくでしょ。そうなったら、私一人では広すぎるじゃない。維持していくのも大変だし」

「それはまあ……そうかな」美令は言葉を濁した。話の展開が対応に困るものになった。現在のところ、美令に結婚の予定はない。しかし生涯独身を通すつもりでもない。

「それに、これからのことも考えなきゃいけないと思うの」思い詰めたような口調で綾子はいった。

「これからのことって?」

「はっきりいって経済的なこと。お父さんの収入がなくなってしまったわけだから」

「ああ、それはそうだね」美令も声を落とした。このところ、ずっと考えていることでもあった。

健介の事務所はすでに閉鎖し、請け負っていた案件については何人かの弁護士仲間に引き継いでもらえることになったようだ。

「多少の貯《たくわ》えはあるけれど、贅沢は控えなきゃなって思ってるのよ。場合によってはこの家を処分して、もっとコンパクトな生活にしたほうが、今後のためにもいいかもしれない」

綾子の口からこんな現実的な意見が出てくるとは思っていなかったので、美令は少なからず驚いた。ずっと専業主婦で、社会の厳しさなんて知らないんじゃないかと見下す気持ちがあったのは事実だ。だが母は母なりに、きちんと現状を分析し、将来を見据えているのだ。

「夕食の支度ができたら呼ぶわね」そういって綾子は部屋から出ていった。

美令はベッドに座ったまま、改めて室内を見回した。一言でいえば殺風景な部屋だ。装飾らしきものが殆どない。書斎机の上に家族写真が飾られている程度だ。しかも何年も前の写真で、美令などは振り袖姿だ。

ベッドから腰を上げると、椅子に座り、書斎机の抽斗を開けた。筆記具や印鑑、薬などが奇麗に整理されていた。

カード類もずいぶんとある。何かの会員カードの類いが多いが、ふだん使わないクレジットカードも交じっていた。診察券もある。

歯科医院の診察カードが出てきた。裏に日付と時刻を書き込む欄が付いている。どうやら予約した日時を書いておくようだ。書き込まれたものの一つを見て、はっと息を呑んだ。『3/31　16:00』と記されている。

三月三十一日──。

その日付には特別な意味があった。プロ野球公式戦巨人対中日の試合が東京ドームで行われた日だ。倉木達郎の供述によれば、その夜、彼はその試合を見に東京ドームに行き、隣り合わせになった健介と知り合ったのだという。

健介はプロ野球観戦の前に歯医者に行っていた？──美令は首を傾《かし》げた。

夕食時にこの話を綾子にしたところ、「たぶん歯を抜いた日だと思う」と即座に答えが返ってきた。「お父さん、歯を何本かインプラントにしてたでしょ？　そのうちの一本よ。そういえばあの頃、そんな話をしてたわね」

「試合が始まったのは六時だよ。その二時間前に歯を抜いてるって、そんなことある？」

「別におかしくないんじゃない。お父さん、歯を抜くなんてどうってことないっていってたわよ。少しは痛みが残るけど、痛み止めを飲めば平気だって」

「だけど、わざわざそんな日に野球観戦なんかしなくてもいいと思わない？」

「痛みを忘れるためにはちょうどいいと思ったのかもしれないわよ。気分転換にもなるし」

「そうかなあ」

美令はテーブルに置いた診察カードを見つめた。何かが釈然としなかった。

翌日、会社が終わった後、歯科医院に行ってみることにした。三月三十一日の診療内容について詳しく聞こうと思ったからだ。電話で問い合わせたのでは、怪しまれるだけだろうと思った。

歯科医院は神宮前のビルの二階にあった。入り口がガラスの自動ドアになっている。診療時間が午後六時半までということは事前に調べてあった。美令が到着した時、まだ十分ほど余裕があった。廊下で待ち、三十分になると同時にドアをくぐった。

すぐ目の前にカウンターがあり、そこで何か書き物をしていた若い女性が顔を上げた。

「すみません。本日の診療は終わってしまったんです。それに基本的に御予約をいただくことになっておりまして」早口で申し訳なさそうにいった。

美令は頷いた。

「歯の治療に来たんじゃないんです。じつは父のことでお尋ねしたいことがありまして」そういいながらバッグから健介の診察カードを出し、カウンターに置いた。

「あ、白石さんの……」女性の顔に緊張が浮かんだ。

はい、と美令は答えた。「娘です」

女性は少し逡巡《しゅんじゅん》の気配を発した後、少しお待ちください、といって奥に消えた。

間もなく、白衣を着た男性が現れた。年齢は健介よりも若そうだ。

「白石さんについて、何をお尋ねになりたいのでしょうか」

「治療内容とかです。特に三月三十一日の」美令は診察カードに記された日付を示した。

「何のために？」

美令は上目遣いに見上げた。「目的をいわなきゃいけませんか」

ふむ、と歯科医は考え込む顔になった。

「患者さんに関することは本人の許諾なしには口外できないんです。たとえ御家族でも」

「でもその本人は亡くなっています。御存じありませんか」

歯科医の表情に驚きの色はない。事件のことは知っているのだろう。

「わかりました。ではこちらへ」意を決したように歯科医はいった。

案内されたのは、ドアに『相談室』というプレートが貼られた狭い個室だった。机の上にパソコンの大きなモニターが置かれている。

歯科医は水口《みずぐち》と名乗った後、モニターに口の中のレントゲン写真を表示させた。健介のものらしい。

水口は右下の一番奥にある歯を指差した。

「この歯がインプラントなのはわかりますか」

「わかります。ネジみたいなものが埋まっていますね」

「その通り。歯を抜いた後、チタン製の土台を骨に埋め込み、そこにアバットメントを付け、さらにその上に人工の歯を取り付けるのです。歯周病のせいで骨がかなり侵されていたので、インプラントにすることをお勧めしました」

「それって、一度で全部終わるわけではないんですね」

「そうです。時間を置いて、段階的に行います。この歯の処置がすべて終わったのは、八月頃でした」

「三月三十一日には、どんなことをしたんでしょうか」

「その日は抜歯だけをしました。そのまま土台の埋め込みまですることも多いのですが、歯を抜いた後の穴があまりに大きかったので見送りました」

「それには、どれぐらい時間がかかりましたか」

「歯を抜いただけですから、そんなに時間はかかりません。せいぜい二十分程度だったと思います」

診察カードには『3/31 16:00』とあったから、午後四時半までには終わっていたことになる。

「歯を抜いた後って、どんな感じですか。すごく痛むってことはないんですか」

「人によりますね。痛がる人もいます。でも親知らずでなければ、大抵、痛み止めの薬を飲めば大丈夫です」

「その夜に出かけることはできますか。たとえばプロ野球観戦とか」

「プロ野球……ですか。できると思いますよ。特に問題はないはずです。腫れは多少あるかもしれませんが」水口は当惑の表情を浮かべながら答えた。質問の意図が理解できないのだろう。

「あまり動いちゃいけないとか、そういうことはないんですね」

「激しい運動はしないでくださいとはいいます。あと、注意事項といえばお酒かな」

「お酒？」

「抜歯した後は、とにかく一刻も早く傷口を治したいわけです。ところがアルコールを摂取すると血行が良くなるので、出血しやすくなります。だからその夜だけは飲酒を控えてくださいといいます」

水口の話を聞き、美令は重大なことを思い出した。

「するとビールもだめですよね？」

「そうですね。なるべくなら飲まないほうがいいでしょう」

「そのことを父にもいってくださいましたか」

「いったと思いますよ。それだけじゃなく――」水口は机の抽斗を開け、一枚の書類を出してきた。「こういうものもお渡ししたはずです」

美令は書類を受け取った。そこには抜歯後の注意事項が書かれていた。うがいをしすぎないこと、強く鼻をかまないこと、といったことと並んで、当日は飲酒は控えてください、と明記してあった。

「これ、いただいても構いませんか」

「ええ、どうぞ」

「ありがとうございます。大変参考になりました」美令は立ち上がり、深々と頭を下げた。

30

堀部孝弘《たかひろ》の事務所は、西新宿にある古い雑居ビルの二階にあった。入るとすぐに受付カウンターがあり、事務担当の中年女性が座っていた。前にも来ているので、和真の顔は覚えてくれているらしく、口元を緩めて会釈してきた。

「今、ほかの依頼人の方の対応をしておりますので、少しお待ちいただけますか」

「わかりました」

壁際に革張りのベンチが置かれている。和真はそこに腰を下ろした。

正面の壁に液晶テレビが掛けられていた。昼間のワイドショーが流れている。有名な女性人気タレントが薬物で逮捕された、という事件について、作家やジャーナリストたちが議論を交わしているようだ。最近はなるべくネットは見ないようにしているのだが、やむをえず開いた時など、これに関するニュースをしょっちゅう目にする。

何年か前、そのタレントを使ったトークショーを企画したことを和真は思い出した。打ち合わせで話してみたところ、ふだん売りにしている軽薄なキャラクターと違い、自分の意見を持ったしっかりとした女性という印象を受けた。以来、応援していたのだが、ほかに別の顔も持っていたらしい。

俺には人を見る目がないようだ、と自信がなくなった。父親のことさえ何も理解できないのだから、初対面の相手の人間性など見抜けるわけがない。

ドアが開閉する音がしたので、そちらに顔を向けた。奥から年老いた男性が出てくるところだった。彼は事務の女性に頭を下げてから、部屋を出ていった。

机の上の電話が鳴った。事務の女性が受話器を取り、少し話してから和真のほうを見た。

「倉木さん、どうぞお入りになってください」

和真は細い通路を通って奥に進んだ。小部屋があり、ドアが開け放されている。そこが相談室だ。

失礼します、といって中に入った。ワイシャツ姿の堀部が立ったままで何かの書類を脇にまとめると、「どうぞお掛けになってください」と和真に椅子を勧めてきた。

はい、と答えて和真が座ると堀部も腰を下ろした。

「お父さんに会ってきました」そういって堀部は机の上で両手の指を組んだ。「例のことも尋ねてみました」

「父は何と？」

堀部は一瞬躊躇《ためら》うように視線をそらした後、改めて和真に目を向けた。

「特に何も考えていなかった、とのことです」

「何も？　ちょっと待ってください。父にはどんなふうに質問されたんですか」

「あなたから聞いたままです。あなたが感じた疑問を、そのまま投げました。事件を起こしたのが一九八四年の五月十五日。それから四年後、新居への引っ越し日を全く同じ五月十五日にしたのはなぜか。抵抗はなかったのか、とね」

「すると何も考えてなかった……と？」

はい、と堀部は頷いた。

「事件について忘れたことはないけれど日付は特に意識しなかった、引っ越しの時はいろいろと忙しくて、とにかく仕事に支障のない、都合のいい日を選んだだけだ――達郎さんはそういっています」

和真は何度か首を横に振った。

「そんな馬鹿な。そんなことあるわけないじゃないですか。堀部先生だって、おかしいと思うでしょう？　思ったから、本人に確かめてみましょうといってくださった。そうですよね」

堀部は不承不承《ふしょうぶしょう》といった様子で頷いた。

「たしかに不自然です。だから確認する価値があると思いました。もしかすると、そこに特別な意味があったのかもしれませんからね」

「意味？」

「たとえば供養です。供養の口実です」

意味がわからず、和真は首を傾げた。「どういうことですか」

「五月十五日に引っ越しをすれば、その日が倉木家にとって引っ越し記念日ということになります。だからその日に達郎さんが墓参りをしようが、神社やお寺に行こうが、周りの人間は単に記念日を祝っているだけのようにしか見えない。まさか自らが殺《あや》めてしまった被害者への供養だとは誰も思わない。つまりカモフラージュというわけです。もしそういう狙いがあったのだとしたら、過去の過ちを悔いている証になります。裁判で使えるネタになるかもしれない」

和真は金縁眼鏡をかけた弁護士の四角い顔をしげしげと眺めた。

「先生は、そんなことを考えておられたんですか」

「そんなこと、とは？」

「だから裁判で使えるかどうか、です」

「当然でしょう」堀部は背筋を伸ばし、目を見開いた。「私は弁護人ですから、裁判で有利になりそうなネタを探すのが仕事です。しかし残念ながら、この件は外れでした。特に何も考えてなかった、というんじゃ話にならない。下手に触れたら、過去の事件を全く反省していないことの証明になってしまう」そういってお手上げのポーズを取った。

「あの、僕はそういうつもりでこの話をしたのではないんですけど」

堀部が不可解そうに眉根を寄せた。「では、どういうつもりだったんですか」

「もし本当に五月十五日に人を殺していたのなら、新居への引っ越しを同じ日にするわけがないといってるんです。若い頃の父にとって、マイホームを手に入れることは最大の夢だったはずです。その証拠に、未だにローンの返済記録だとか住宅積立金の控えとかが残っています。そんな念願のマイホームへの引っ越しを、よりによってそんな日にするなんて……あり得ないです」

「だから忘れていた、と本人はいっています」

「そんなのおかしいです。自首しなかったってことは時効になるのを待ってたわけでしょ？　日付を忘れるなんて考えられない。父は嘘をついています。絶対に嘘を——」

ストップ、といって堀部が右手を出してきた。ほっと息を吐いてから口を開いた。

「あなたのいいたいことはわかりますが、今さら事実関係で争うのは得策ではないです。何より、本人が犯行を認めているんです。ほかの人間が何をいっても意味がない」

「でも——」

「この件は」堀部が言葉を被《かぶ》せてきた。「これっきりにしましょう。もう忘れてください。こだわらないでください」

和真は身体から力が抜けていくのを感じた。実家に帰り、吉山の話を聞いて、暗闇の中でようやく一筋の光を見つけた気になっていたのだが、何の意味もなかったというのか。

もし、と堀部がいった。

「どうしても納得できない、お父さんは嘘をついていると思うのなら、嘘をつく理由を捜し出してきてください。それが見つかり、説得力のあるものだったなら、その時は私も考え直します」

「嘘をつく理由……ですか」
なぜかまた彼女——白石健介の娘の顔が、ふっと頭に浮かんだ。

31

「その話、間違いないですか。熱海へ行こうといいだしたのは石井《いしい》さんなんですね」

五代《ごだい》が身を乗り出して念押しすると、テーブルの向こうにいる女性は少し臆した顔をしながらも頷いた。

「間違いないです。だから各自の都合のいい日が決まったら、良子《りょうこ》さんに知らせることになっていました。それで彼女が日にちを決めて、宿の手配をしてくれるはずだったんです」

「直接会って話し合ったんですか。それともメールか何かで?」

「はい、SNSでやりとりしましたけど」

「それ、今も残ってますか」

「残っています」彼女はスマートフォンを操作した後、五代に画面を見せた。「これです」

　五代は画面を覗き込んだ。そこに表示されたメッセージのやりとりは、彼女の話を十分に裏付けるものだった。

「それ、絶対に消さないでください。大変重要な証拠になると思いますので」

　はい、と彼女は緊張の色を顔に浮かべた。

「あのう、良子さんを殺した犯人って逮捕されたんですよね。それなのに、まだ調べることがあるんですか」スマートフォンをしまいながら女性が訊いてきた。

「いろいろと事実確認が必要なんです。――本日はありがとうございました。御協力に感謝いたします」五代はテーブルの伝票を手にし、腰を上げた。

　喫茶店を出て女性と別れた後、捜査本部にいる筒井《つつい》に電話をかけた。女性から聞いたことを話すと、「一歩前進だな」という答えが返ってきた。「さっきも検事が来てた。このネタがあれば、係長も顔が立つだろう。御苦労様。戻っていいぞ」

　了解です、といって電話を切った。久しぶりの収穫に気持ちが軽い。

　奥多摩の山中でバラバラ遺体が見つかったのは先月のことだ。それから約一週間後、身元が判明した。調布市に住む、石井良子という資産家の女性だった。生きていれば六十二歳で、夫とは死別しており、二十六歳の一人娘との二人暮らしだった。

死体遺棄事件として捜査本部が立てられた。本庁から出向くことになったのは、五代たちが所属する係だった。

捜査は難航すると思われた。なぜなら石井良子がいつ失踪したのか、不明だったからだ。この一年間、娘はイギリスに留学しており、二か月前に帰国して、ようやく母親が行方不明だと知ったのだ。渡航後はメールでやりとりをしており、異変には全く気づいていなかったという。

自宅を調べたところ、明らかに盗難に遭った形跡が確認できた。キャッシュカードやクレジットカードが消えている。それぞれの利用履歴を照会し、八月末から預金の引き出しやクレジットカードの不自然な利用が始まっていることが判明した。

防犯カメラの映像から、一人の男が浮上した。被害者の娘の元交際相手で、沼田《ぬまた》という二十八歳の自称ミュージシャンだった。

決定的な証拠も見つかった。現場に残された預金通帳などの入った鞄から、沼田の指紋が検出されたのだ。

任意で取り調べたところ、死体遺棄についてはあっさりと認めたので、そのまま逮捕となった。これで一件落着、ひと仕事終わったと五代たちが安堵できたのも束の間だった。

沼田は殺害については断固として否定したのだ。

キャッシュカードやクレジットカードを使用したことは認めている。本人曰く、「収入がなくて困っていることを相談したら、石井さんが好きに使っていいといって貸してくれた」とのことだ。その際に暗証番号も教えてくれたという。

死体遺棄に関する説明はこうだ。お金の礼をいいに行ったら、石井さんが首を吊って死んでいた。遺体が見つかって大騒ぎになったら留学中の娘さんが勉学に専念できなくなると思い、隠すことにした。石井さんのスマートフォンを使い、彼女になりすまして娘さんとメールのやりとりをしたのも、同じ目的だった――。

そんな馬鹿な言い訳が通用するものかと五代などは思っていたが、徐々に雲行きが怪しくなってきた。今のままでは殺人罪では立件できないと検察がいいだしたのだ。

問題は死因だった。遺体の損傷が激しく、特定できないでいる。凶器も見つかっていない。つまり殺したという物証がないのだ。

そこで検察が考えたのは、沼田が主張する、石井良子が自殺していたという話を否定することだった。それが嘘だと証明できれば、そのほかの供述も覆せるというわけだ。とはいえ簡単なことではない。自殺する動機がない、などという話は裁判ではおそらく通用しないだろう。人がどんな悩みを密かに抱えているか、他人にはわからないものだ。

そこで生前の石井良子の動向を徹底的に調べることになった。自殺するわけがない、という根拠を可能なかぎり集めるのだ。

やがていくつかの発見があった。ひとつは石井良子が一年数か月前に生命保険に加入していることだ。受取人は娘だが、二年以内の自殺の場合、保険金が支払われないという条件が付けられていた。自殺する決心をしたとしても、残された娘のことを考えないわけがなく、二年が経過するのを待つのではないか。

家をリフォームしたい、と石井良子がしばしば漏らしていたこともわかっている。自殺を考えている人間なら考えないことだ。

そして今回五代が突き止めたのは、石井良子が友人たちとの熱海旅行を計画していたことだ。発案者が旅行直前に自殺することなど、まずあり得ないのではないか。

今日は大きな顔をして捜査本部に戻れそうだと五代が駅に向かいかけた時、スマートフォンに着信があった。表示を見て、目を思わず見張った。白石美令からだった。前の事件──『港区海岸弁護士殺害及び死体遺棄事件』の遺族だ。

「はい、五代です」

「あ……あの、あたし、白石といいます。秋に殺された白石健介の長女で──」

「わかっています。その節は御協力ありがとうございました。どうかされましたか」

「はい、じつはどうしても御相談したいことがあるんです。あの事件に関して」

「ははあ、それはどういった内容でしょうか。事務的なことであれば所轄が対応を──」

「捜査についてです」美令が強い口調でいった。「間違った捜査が行われたと思うんです」

五代はスマートフォンを握りしめた。「それは聞き捨てなりませんね」

「だから話を聞いてもらいたいんです。お時間をいただけないでしょうか。どこへでも伺います」

五代はため息をつき、腕時計を見た。自分たちにとっては終わった事件でも、遺族の闘いはこれからなのだ。捜査が間違っていた、といわれて放っておくわけにもいかない。

「場所はあなたが決めてください。自分こそ、どこへでも行きますから」五代はいった。

約三十分後、六本木の喫茶店で五代は白石美令と向き合った。改めて見ると、やはりなかなかの美人だ。ただ、少し痩せたようにも思えた。

お忙しいところごめんなさい、と美令は頭を下げた。

「構いません。で、話というのは？」

「これです」そういって彼女がテーブルに置いたのは歯科医院の診察カードだった。そこに書き込まれた日時を示しながら彼女が話した内容は、たしかに瞠目すべきものだった。

三月三十一日、倉木は東京ドームで白石と出会ったといっている。白石がビールを買う時、落とした千円札が隣席にいた倉木のコップに飛び込んだのがきっかけだったらしい。

しかしその日の夕方、白石は歯科医院で抜歯しており、アルコールは飲めなかったはずだ、と美令はいうのだ。

「父は、そういう指示を守らない人ではありませんでした。今夜はお酒は飲まないでくださいといわれたら、絶対に飲まなかったはずです」歯科医院で貰ったという注意事項が記された書類を見せながら、彼女は力説した。

五代は絶句した。美令の話には強烈な説得力があった。歯を抜いたら、その当日どころか、しばらくはアルコールを控えたほうがいいというのは常識だ。

「倉木が嘘をついていると？」

「それしか考えられないと思いませんか」

「いやしかし、今さらそんなことをいわれても……」

「引っ込みがつかないから、知らんぷりをしておく——そうおっしゃるんですか」美令が睨《にら》むような目を向けてきた。

五代は吐息を漏らした。

「このことを、どなたかに話されましたか？」

「弁護士の先生に話しました。被害者参加制度でサポートしてもらっている方です」

「その先生は何と？」

「一応検察に話してみるけれど、たぶん黙殺されるだろうと」

そうだろうな、と五代も思った。事実関係では争わないのだから、余計な情報を裁判に持ち込む意味がない。

「犯人は逮捕されたし、動機も語っています。それだけでは満足できませんか」

「本当のことが明かされていません。あたしは真実が知りたいんです。刑事さんは、そうは思わないんですか。一生懸命捜査して、嘘のままで解決しても平気なんですか」

「嘘だと決まったわけじゃ――」

「嘘ですっ」美令は鋭い口調でいい、テーブルに置いた書類を指した。「嘘じゃないというのなら、これについて納得できる説明をしてください」

五代は黙り込むしかなかった。説明などできない。

ごめんなさい、と美令がいった。打って変わって、細く、弱々しい声だった。

「自分でも面倒なことをいってると思います。五代さんだって、きっと迷惑ですよね。だけどほかに相談できる人がいなくて……」

「迷惑だなんてことはないです。遺族の方が納得しておられないのなら、そこを何とかするのが刑事の仕事だと思っています」五代は改めて美令を見つめた。「この件、預からせてもらえませんか。自分なりに調べてみます」

「お願いしていいんですね」

「御期待に沿えるかどうかはわかりませんが」

「ありがとうございます。よろしくお願いいたします」美令は救われたような表情で頭を下げた。

頷きながらも五代は腋《わき》の下に汗をかいていた。この問題を解決する自信など、まるでなかったからだ。


午後八時、五代が店に行くとすでに奥のテーブルに中町《なかまち》の姿があった。門前仲町《もんぜんなかちょう》にある、いつもの炉端焼きの店だ。席につくと、生ビールを注文した。

「この店で五代さんと飲む日が、こんなに早くまた来るとは思いませんでした」中町がネクタイを緩めながらいった。

「悪いな。おかしなことに付き合わせて」

「とんでもない。五代さんから連絡を貰って、俺もびっくりしましたから」

白石美令と別れた後、すぐに中町に電話をかけ、事情を説明したのだった。

店員が生ビールを運んできた。かちりと二人でグラスを合わせてから、「で、どうだった？」と五代は訊いた。

「白石健介さんの三月三十一日の行動ですよね。捜査資料に残っていました」中町は手帳を取り出した。「白石さんの事務所に長井《ながい》さんという女性アシスタントがいたでしょう? あの人から話を聞いたようです。スケジュール表によれば、午後三時半に白石さんは事務所を出て、そのまま戻ってないそうです。スケジュール表には私用とあるだけで、依頼人と会う予定などは書き込まれてなかったとか」

「三時半に出たのは歯科医院に行くためだろう。その後、東京ドームに行くとは書かれていなかったわけだな」

「仕事用のスケジュール表なら、書かないかもしれないですね。ただ長井さんも、白石さんが東京ドームに行ったことは聞いてなかったようです」

「あの女性アシスタントは、かなり長く働いてるんだろ? 久しぶりにプロ野球観戦をしたのなら、雑談で話しそうなものだがな」

「たまたま話さなかったのか、それとも敢《あ》えて話さなかったのか……」

「あるいは、そもそも野球観戦になど行ってなかったか」

五代の言葉を聞き、中町は大きく深呼吸をした。

「やばいですよ、それ。事件の構造が、根底からひっくり返っちゃうかもしれない」

「このこと、誰にもいってないだろうな」

「当たり前です」

「よし、しばらくは俺たちだけの秘密にしておこう」

「わかりました。でも――」中町は声を落とした。「どうする気です？」

「まだわからん。これから考える」

店員が通りかかったので、五代は肴《さかな》をいくつか注文した。

「五代さん、お忙しいんでしょ？　今はどんな事件を？」中町が話題を変えてきた。

「少々厄介なヤマだ。犯人は挙がってるんだけどな」

五代は現在取り組んでいる事件について、手短に説明した。

「調布の富豪未亡人が殺された事件ですね。その話ならこっちにも伝わってきています。容疑者が苦しい言い逃れをしているとか」

「ああ、よくそんな嘘が思いつくものだと感心させられてるよ。だけど考えてみれば、あれがふつうなのかもしれないな」

「どういうことですか？」

「どんな犯人だって、なるべくなら刑は免れたい。そのためなら、あれこれと嘘だってつくだろうさ。じゃあ、倉木はどうだ？　あの人物が嘘をついているとして、それはなんのための嘘だ？　減刑には繋《つな》がらない。それなのになぜ嘘をつく？」

さあ、と中町は首を捻った。

五代はビールをごくりと飲み、店内を眺めた。倉木を逮捕した直後に、この店に来た時のことを思い出した。

あの夜、不吉な予感が胸をよぎったのを覚えている。

自分たちは迷宮入りを免れたのではなく、新たな迷宮に引き込まれたのではないか、というものだった。

その思いが少しも消えていないことに五代は気づいた。むしろ大きくなっている——。

32

宝飾品の有名ブランド店から、若いカップルが幸せそうな笑みを浮かべて出てきた。とりわけ女性の顔には満足感が溢《あふ》れている。結婚指輪を探しにきて、希望に沿った品を見つけられたのかもしれない。

彼等のような日常が、この先自分に訪れるのだろうか、と和真は思った。といっても結婚や結婚指輪など、どうでもいい。屈託なく笑える日々が懐かしかった。

　銀座の中央通りに面した喫茶店にいた。ビルの二階にあり、窓ガラス越しに通りを見下ろせるのだ。これから会う相手が指定してきた店だった。予約を入れてあるとのことだったので、約束の時刻より五分ほど早く来て名前を告げたところ、この席に案内された。相手は予約しただけでなく、席まで指定したようだ。一番隅の目立たない席だった。用件は告げていないが、密談しやすい場所がいいと察したのだろう。

　約束の午後三時になった。階段に目を向けると、目的の相手が上がってきたところだった。ウェイトレスに何やら声をかけた後、迷いのない様子で和真のテーブルに向かって歩いてきた。ダークブラウンのジャケットを羽織り、肩にショルダーバッグを掛けている。無精髭《ぶしょうひげ》、日に焼けた顔——前に会った時よりも狡猾《こうかつ》そうに見えるのは、先入観が生じてしまったからか。

「お久しぶりです」南原《なんばら》は薄い笑みを唇に滲《にじ》ませ、和真の向かい側に腰掛けた。

「急にすみません」和真は頭を下げた。

「構いませんよ。少し驚きましたが」

「そうだろうと思います」

訊きたいことがあるので会ってほしい、と連絡したのは和真のほうだ。もしかすると断られるかもしれないと思ったが、南原は承諾し、場所と日時を指定してきた。

ウェイトレスが注文を取りにきた。南原がコーヒーを頼んだので、和真もそれに倣った。

「最初にお断りしておきます」南原は胸ポケットに挿していたボールペンを抜いた。「これはボイスレコーダーでもあるんです。会話を録音させていただくつもりですが、それでも構いませんか」

「どうぞ」

「では遠慮なく」南原はボールペンのどこかを操作した後、テーブルに置いた。

「あの時も会話を録音されてたんですね」ボールペンを見ながら和真はいった。「僕の部屋に来て、いろいろと質問された時です」

「会話を録音するのは取材の鉄則です」南原は悪びれることなくいった。「『週刊世報』の編集部から聞きました。弁護士を通じて抗議されたとか」

「記事のニュアンスに抵抗を感じたものですから」

「内容の捉え方は人それぞれです。あの記事に書いたあなたの言葉は、あなたの発言を要約したものです。違いますか？」

「うまく誘導されてしまいました」

「だから文句をいうために呼びだした、というわけですか」

「そうではないです。あれについてはもう、とやかくいう気はありません。いっても仕方がないし」

　ウェイトレスがやってきて、それぞれの前にコーヒーを置いた。その間、南原は観察するような目を和真に向けてきた。呼びだした用件は何か、考えているに違いなかった。

「あの記事は不出来です」ウェイトレスが去ってから南原はいった。「もう少し刺激的なものにするつもりだったのですが、思ったようにはうまくいかなかった。時効が成立した殺人事件なんて、どれもこれも何十年も前のものだから、遺族感情を取材しようとしても、臨場感のあるものが見つからないんです。まあ、そういう空振りはよくあることですがね」苦笑いしながらコーヒーにミルクを入れ、スプーンでかき混ぜた。「で、そんな出来の悪い記事に対する抗議でないのなら、今日の用件は何でしょうか。電話では、訊きたいことがある、とおっしゃってましたが」

　和真はブラックでコーヒーを飲み、ひと呼吸置いてから口を開いた。

「訊きたいのは、父が起こした事件についてです。今回の事件ではなく、一九八四年に地元で起こしたほうです」

「『東岡崎駅前金融業者殺害事件』ですね」南原は厳密さにこだわるようにいった。「あの事件が何か」

「どうやって調べたんですか。警察は公表していないのに」

それですか、と南原は拍子抜けした様子を示した。

「あなたの言葉から、倉木達郎さんが過去に起こした事件というのはどうやら殺人事件らしいとわかったので、当時の知り合いに片っ端から当たってみたんです。あの頃のサラリーマンというのは、人間関係の範囲がほぼ職場にかぎられています。社員名簿を一冊入手できたら、連絡先はすぐに突き止められる。あの地は一戸建てに住んでいる人が多いから、引っ越ししている人はあまりいませんしね」

「記事によれば、元同僚の中に、父が警察の事情聴取を受けたことを覚えていた人がいたそうですね」

「しかも殺人事件の遺体発見者としてね。ぴんときました。これに違いないと。ただし、倉木達郎さんがその事件の犯人だったと確認できたわけじゃありません。当然ですよね、時効になっているぐらいですから。だけど記事では敢えて断定的に書きました。もし違っていたら達郎さん本人や警察から抗議が来るかもしれないけれど、その時には責任を取ると編集部にはいってありました。もちろん、絶対に来ないだろうと確信していましたが」丁寧な物言いだが、その顔は自信に満ちていた。

「ほかに事件について覚えていた人はいなかったんですか」

「何人かはいましたが、大した話は聞けませんでした。そこで被害者の遺族に当たろうと考えました。ところが殺された灰谷《はいたに》という男は、結婚歴はありましたが殺された時には独り身で、子供もいなかった。それが私としては最大の誤算でした。例の記事を満足なものにできなかった最大の要因です。時効になった過去の事件の遺族が、同じ犯人がまたしても人を殺めたと知ったらどう感じるか、それをメインに記事を書こうと目論んでいましたからね」南原はコーヒーカップを片手に肩をすくめた。

「遺族は見つからなかったんですか」

「今もいったように妻子はいませんでした。それでもあれこれ調べて、ひとりだけ興味深い人物を捜し当てたんです。灰谷には妹がいて、その息子が灰谷の事務所で働いていたということでした」

「甥《おい》、というわけですね」

「そうです。調べたところ、妹は亡くなっていましたが、甥は生きていました。豊橋のアパートで独り暮らしをしていて、年齢は五十代半ば。事件当時は二十歳過ぎということになります。サカノという人物です。坂道の坂に、野原の野と書きます」

「お会いになったんですか」

「会いました。せっかく愛知県まで行ったんだから、土産は多いほうがいいですからね。ところが、これがまた計算違いでね。とんだ無駄足でした」南原はカップを置き、おどけたように小さく両手を広げた。

「というと？」

「まず坂野氏は、そもそも今回の事件を知らなかったんです。東京で弁護士が殺された事件だといっても、何だそれって感じでね。詳しく説明したところ、八四年の事件が絡んでいると聞いて、ようやく関心を示してくれました。あの事件についてはよく覚えていて、名前こそ忘れていましたが、倉木達郎さんのことも知っていました。それどころか、自分と倉木さんが遺体を見つけて、警察に通報したのは自分だというんです」

「まさに事件関係者だったわけですね。それで何が計算違いだったんですか」

「坂野氏がちっとも感情的になってくれないことが、ですよ」南原は苦い顔で眉尻を下げた。「さっきもいいましたように、こっちとしては、伯父を殺した犯人が時効で逃げきった、それだけでなくまた殺人を犯したと聞いて、激昂《げきこう》してほしいわけです。恨みや憎しみの言葉を吐き出してくれれば、それを並べるだけで記事に格好がつく。ところが坂野氏の反応は、ああそうだったのか、という感じで、まるで手応えがない。怒りは覚えないんですかと訊いたところ、どんな答えが返ってきたと思いますか。別にどうでもいい、ですよ。犯人が誰であろうと自分には関係ないってね」

「被害者への思いがあまり強くなかった、ということですか」

「強くないどころか、むしろ悪い感情を持っていました。仕事がなかったので、やむをえず電話番として雇われていたけれど、あんな男の下で働いているのは我慢ならなかった、とさえいうんです。詐欺同然の手口で年寄りたちを騙《だま》して、平気な顔をしている最低の人間だったたってね。殺されても当然だと思ったし、誰が犯人であっても驚かなかったといってました」

「それはまた、ずいぶんと嫌ってたものですね」

「こんなことをあなたにいっても気休めにしか聞こえないかもしれませんが、倉木達郎さんが灰谷を殺した気持ちはよくわかるってことでした。大した事故でもないのに被害者面《づら》して運転手代わりにこき使い、挙げ句に金をせびるんだから、かっとなったのも無理ないってね。まあそんなふうで、坂野氏はいろいろと話してはくれたんですが、例の記事に載せられるような気の利いた言葉は何ひとつ出てこなかったわけです」

「そうだったんですか」

南原がいうように気休めにすぎないのかもしれない。だが被害者の身近にいた人間でさえ全く悲しんでいないと聞き、和真はほんの少しだけ救われる気がした。不幸の連鎖は短いほうがいい。

「ほかに何かお訊きになりたいことはありますか」南原が問うてきた。

「一番知りたいことがあります。なぜ警察は父の犯行だと見抜けなかったんでしょうか。遺体の第一発見者なら、ある意味最も疑われやすいと思うのですが」

「その疑問はもっともです。私も気になったので、知り合いの警察官などを通じて少し調べてもらいました。しかしやはり不明でした。何しろ三十年以上も前の事件ですから、当時のことを把握している人間がいません。資料も処分されたらしくて」

「そうでしたか……」

ただ、と南原が首を傾げた。

「さっきの話に出た坂野氏ですがね、妙なことをいってたんです。倉木さんが犯人であってもちっとも驚かないが、あの人にはアリバイがあったように思う、と」

「アリバイ？」どきりとして和真は身を乗り出した。「本当ですか」

「本当かどうかはわかりません。坂野氏によれば、現場に駆けつけた刑事から遺体発見までの経緯を倉木達郎さんと共に詳しく質問されたそうで、その時にぼんやりと、この人にはアリバイがあるんだなと思ったらしいんです。ただしそのアリバイが証明されたかどうかまではわからないらしく、坂野氏の単なる思い込みだった可能性が高い」

「でも嘘のアリバイなら、警察が調べればすぐにわかるはずです。もしかしたら、そのアリバイは証明されたんじゃないですか。だから父には疑いがかからなかった。そういうことじゃないでしょうか」

「いや、あの、倉木さん、声が大きい」

南原にいわれ、和真は周りに視線を走らせた。幸い、近くに人はいなかった。

コップの水を飲んでから、抑えた声で続けた。

「だって、アリバイが嘘とわかればもっと疑惑が深まるはずで、別人が逮捕されるまで警察にマークされなかったというのは絶対におかしいですよ」

「ちょっと待ってください」南原は開いた右手を前に出した。「おっしゃりたいことはわかりますが、私にいわれても困ります。私は坂野氏から聞いたことをお話ししているだけです。父親を人殺しだと思いたくないあなたの気持ちは理解できます。だけど本人が告白しているんです。納得できないかもしれないが、それが事実なんです。そこに疑問を持つ余地はありません」

和真は黙った。南原のいうことには妥当性があった。

「ほかにお尋ねになりたいことはありますか。ないようなら、私はこれで失礼させていただきますが」南原がテーブルに置いたボールペンを手にした。

「その坂野という人の連絡先を教えてもらえませんか」

南原は当惑した顔を向けてきた。「あなたが直接会って確かめると？」

「わかりませんが、そうするかもしれません」

「そんなことをしても無駄だと思いますがね」

「それでも一応……お願いします」頭を下げた。

南原は、ため息をついた。スマートフォンを取り出して操作すると、テーブルの隅に置いてあるペーパーナプキンを一枚取り、ボールペンで何やら書き込んだ。

「坂野氏の住所と携帯の番号です」そういって和真の前に押し出した。

「ありがとうございます」和真はペーパーナプキンを丁寧に畳み、ポケットに入れた。

「坂野氏は下戸《げこ》です」南原が唐突にいった。「その代わり、甘党です。手土産を持っていくのなら、アルコールではなく甘いお菓子がいい。私と会っている時、坂野氏はフルーツパフェを食べていました」

思いがけないアドバイスに戸惑いつつ、和真は頷いた。「参考にします」

「しかし無駄だと思うけどなあ」南原は呟《つぶや》くように繰り返した。

その言葉には答えず、「ところで、例の記事の続報を書く予定はあるんですか」と和真は訊いた。

南原は冷めた顔で首を横に振った。

「今のところはありません。何か余程大きな展開でもないかぎりはね」

「そうですか」

南原はボールペンを胸ポケットに戻すと、伝票を見ながら財布を出してきた。

「いえ、ここは僕が――」

払います、と続ける前に南原が空いたほうの手を出して制してきた。

「あなたに御馳走になる所以《ゆえん》がありません。それにわずかなお金でも節約したほうがいい。これから何かと大変でしょうから」

いい返す言葉が見つからず、和真は黙って俯《うつむ》いた。

南原は自分の分の代金をテーブルに置くと、では失礼、といって立ち上がった。その後ろ姿を見送る気になれず、和真は窓の外に目を向けた。

小雨が降ってきたらしく、あちらこちらで傘が開き始めていた。和真は、ゆらゆらと頭を振った。傘など持ってきていなかった。

33

スマートフォンの着信画面に白石美令の名前が表示されたのは、五代が自分の席で報告書をまとめている時だった。資産家の未亡人が殺害され、奥多摩の山中でバラバラ死体となって発見された事件は、間もなく終幕を迎えられそうだ。犯行を否認し、リアリティのない供述を続けていた容疑者が、ようやく自供したからだった。取り調べに当たった警部補は、強引に吐かせたわけではない、といった。

「警察が積み上げた状況証拠を見て、裁判員たちがどう思うかだといったんだ。有罪と判断すれば、次は刑期が問題になる。そこで重要なのは被告人が反省しているかどうかだが、事実を認めようとしていなければ印象は悪い。反省していないってことで、重い刑罰が下される可能性が高くなる。そういうことを穏やかに、わかりやすく説明してやっただけだ」

この話は信用してよさそうだった。取り調べの可視化が進む今、自白するように脅すことなど論外だからだ。冤罪で逮捕された容疑者が警察署の留置場で自殺を図るようなことは、現在では考えられない。

そんなことをぼんやりと考えている時に白石美令から電話がかかってきたので、一瞬五代は超自然的なことを思い浮かべてしまった。テレパシーのようなものだ。もちろん、そんなわけはないとすぐに思い直したが。

「はい、五代です」声を落とし、周りを見回した。幸い、近くに人はいない。

「白石です。すみません、お忙しいところを何度も。今、ちょっとよろしいでしょうか」

「ええ、構いません」

五代はスマートフォンを耳に当てたままで立ち上がり、足早に廊下に出た。片付いた事件の遺族とのやりとりなど、誰かに聞かれていいことなど一つもない。

「御用件はわかっています」低く抑えた声で五代はいった。「例の東京ドームのことですね。申し訳ないんですが、ほかの仕事で手一杯で、なかなか動けず、特に進展はありません」率直に打ち明けた。言葉を濁したところで仕方がない。

「そうだろうと思いました。だから催促するつもりで電話をかけたわけじゃありません。じつは教えてほしいことがあるんです」

「何でしょうか」

「五代さんはあの人の息子さん……被告人の息子さんを御存じですよね」

五代は、すうーっと息を吸い込んだ。全く予期していなかった話題だ。

「一応お伺いしますが、被告人とは倉木達郎被告人のことですね」

「そうです」

「もちろん知っていますが、倉木被告人の息子さんが何か」

「連絡先を教えていただけないでしょうか」

「はあ？」思わず間抜けな声が出てしまった。あまりに予想外だったからだ。

「教えてほしいんです。どうしても」白石美令の言葉は、真剣で深刻そうに聞こえた。

「何のためにですか」

「納得できない問題を解決するためです。あたしは、倉木被告人が本当のことを話しているようにはとても思えません。だから息子さんに確かめようと思うんです」

「いや、白石さん、それはやめておいたほうがいい。向こうから謝罪のために来たので会ってみる、というのなら話は別ですが、遺族から加害者の家族に接触するのはよくないです。威嚇行為《いかく》のように受け取られかねません」

「威嚇だなんて、そんなことをする気は毛頭ありません」

「あなたにはなくても、向こうがどう解釈するかはわかりません」

「いえ、あの方はおかしな誤解はしないと思います」

「あの方？　お会いになったことがあるんですか」

「一度だけ……。たまたまですけど」

「いつ？　どこで？」

白石美令は少し沈黙した後、「それ、お答えしなきゃいけませんか」と訊いてきた。

「いや……そんなことはないです。すみません。あまり驚いたので、つい尋ねてしまいました。嫌なら結構です」

「そういうわけじゃないんですけど、ちょっと説明が難しくて。簡単にいいますと、あの場所……清洲橋《きよすばし》のそばの事件があった場所で偶然会ったんです。あたしが花を手向《たむ》けに行った時、あの方も来ておられて……」

「ああ、なるほど」

そういう可能性はあるかもしれない、と五代は合点した。

「その時に挨拶というか、少しだけ言葉を交わしました。でも連絡先を訊こうって気にはなれなくて、そのまま別れました。もう会うこともないだろうと思いましたし。だけどそれからいろいろあって、あの方の話を聞いてみたくなったんです」

「そういうことですか」五代は周囲に聞き耳をたてている者がいないかどうかを確かめながら、どう対処すべきかを考えた。「お気持ちはわかりました。しかしやはり自分が教えるわけにはいきません。個人情報だし、捜査上の秘密でもあります」

「五代さんから教わったとは誰にもいいませんから」

「その言葉が嘘だとは思いませんが、世の中は何が起きるかわかりません。何らかのトラブルが発生した場合、どういった経緯であなたが連絡先を知ったかが問題になります」

「気をつけます。トラブルなんかは絶対に起きないようにします」

「ありきたりな言い方ですが、この世には絶対ってものはないでしょう？」

ふうっと息を吐き出す音が聞こえた。

「どうしてもだめですか」

「申し訳ありませんが、御理解ください。ただ例の件、倉木被告人と白石さんが知り合った場所は本当に東京ドームなのかどうかということについては、何らかの形で確認作業を行うつもりです」

「わかりました。よろしくお願いいたします。お忙しいところ、すみませんでした」白石美令の声は明らかに気落ちしていた。

「いえ、また何かありましたら御連絡ください」

「ありがとうございます」

ではこれで、といって白石美令は電話を切った。

五代はスマートフォンを持ったままで腕組みをし、そばの壁にもたれた。

白石美令は被害者参加制度を使うらしいから、検察側からかなり詳しい情報を得ているはずだ。それらを聞いて、腑に落ちないことが多いのだろう。東京ドームのことだけではない。きっとほかにも納得できない点が多々あるのだ。そうでなければ、犯人の息子に会おうとまではしないはずだ。

問題を起こさなければいいが、と心配になった。あの女性は相当に勝ち気だ。少々の無茶でも躊躇わずに実行しそうな気がする。

五代は組んでいた腕を解《ほど》き、スマートフォンで電話をかけた。すぐに繋がり、中町です、とひそめた声が聞こえた。

「五代だけど、今、話せるかな」

「少々お待ちを」

無言の時間が流れた。人目を気にしなくていい場所に移動しているものと思われた。間もなく、大丈夫です、と平常の声がいった。

「仕事中にすまないな」

「いえ、課長のつまらない訓示を聞いていたところで、席を外すきっかけができて助かりました。五代さんの用件は、例の東京ドームのことでしょうか」

「そんなところだ。その後、何かわかったかな？」

うーん、と唸る声が聞こえてきた。

「少し調べてみましたが、三月三十一日の白石弁護士の行動に関する新たな情報は見つかっていません。正直なところ、今後も出てこないのではないかというのが実感です」

「やっぱりそうか。現時点でそういうことなら、もう難しいかもしれないな」

「でもね五代さん、その代わりといっては語弊があるかもしれませんが、捜査資料の中からちょっと気になるものを見つけたんです」中町が声をひそめていった。「それで俺のほうも五代さんに連絡しようと思っていたところで」

「ほう、何だ？」

「それは直接お会いして話したいんです。近いうちに、いかがですか」

「もったいをつけるじゃないか。こちらは厄介なヤマがようやく一件片付きつつあるところだ。俺は今夜でも構わんぞ」

「では今夜にしましょう。例の店でいいですね」

「結構だ」

午後七時に、と約束して電話を切った。

門前仲町にある炉端焼きの店に行くと、若い女性店員は五代の顔を覚えたらしく、すぐに奥のテーブルに案内してくれた。先に到着していた中町が、座ってタブレットを操作している。五代に気づくと、お疲れ様です、と挨拶してきた。いつも以上に声に張りが感じられた。

「俺たち、もうすっかり馴染み客になってしまったようだな」席につき、生ビールと酒の肴をいくつか頼んでから五代はいった。ろくにメニューを見ないで注文しているのだから、常連客といってもいいのかもしれない。

「でも不思議と、ほかの人間と来る気にはなれないんです。来るのは五代さんに会う時だけです」

「俺だってそうだ。ところで、今まで何かの作業をしていたんじゃないのか。一区切りつくまで続けてもらっても構わないが」

「これですか」中町はタブレットを指した。「いや、作業というほどのものじゃありません。気掛かりなことがあって調べていただけです。じつは、これを見ていたんです」

中町はタブレットの画面を五代のほうに向けた。そこに表示されているのは、新聞のテレビ欄だった。ビューアー表示なので、実際の紙面と同じだ。

生ビールが運ばれてきたので、お疲れ様、と中ジョッキで乾杯した。

「このテレビ欄がどうかしたのか」五代は訊いた。

「日付を見てください」

「日付？」テレビ欄の上部に視線を移動させた。

「『敬老の日』ですよ」中町がいった。「倉木の供述にあったでしょ。『敬老の日』にテレビを見ていたら、遺産相続と遺言について特集していて、浅羽《あさば》さんたちへのお詫びとして、自分が死んだ時、全財産を彼女たちに譲ろうと考えついたって」

「そういえばそんな話があったな。すっかり忘れていたが」

「取り調べの際、どういう番組だったか、取調官は訊いています。タイトルは忘れてしまったが、ワイドショーのような番組だった、と倉木は答えています。ところがそれについて詳しいことは全く調べられていません。それで気になったんです。倉木は、どの番組を見たんだろうって。そこで知り合いの新聞記者に頼んで、バックナンバーを送ってもらったというわけです。もちろん、この新聞は中部地方のものです。テレビ欄は地方によって違いますからね」

「たしかにそうだ。やるじゃないか」

最初に五代が見込んだ通り、この若手刑事は抜かりがない。

「で、番組は見つかったのか」

いやそれが、と中町は浮かない顔で首を傾げた。

「それぞれの番組の紹介文を読んだかぎりでは、それらしきものはないんです。『敬老の日』の特集をしていた番組はいくつかあったんですが、どちらかというと老人を元気づけたり、お年寄りの苦労話を紹介するというものばかりで、遺産とか相続なんて言葉は見当たりません。何しろ『敬老の日』ですから、死に関するテーマは老人を敬おうっていう趣旨からは外れてしまうわけで、むしろ避けているような感じさえします」

「ちょっと見せてくれ」五代はタブレットを引き寄せた。

ざっと眺めたところ、健康維持の方法、第二の人生の楽しみ方、といった文字が目についた。中町がいうように、『敬老の日』に遺産や相続といった死をイメージさせる言葉はふさわしくない、と番組関係者は考えたのかもしれない。

酒の肴が何点か運ばれてきたので、それをつまみながらビールを飲み、五代は考えを巡らせた。

ただテレビ欄で紹介されていないからといって、番組内でそういう話題が全く出なかったとはいいきれない。高齢者の心得として遺産相続について考えるべき、という話がワイドショーの中であってもおかしくない。

「君の用件というのは、それなのか」

「いえ、これはおまけです。いくら何でも、こんな些細なことで五代さんの貴重な時間を無駄にするわけにはいきません。今の話は前振りで、本題はここからです。電話で捜査資料の中から気になるものを見つけたといいましたが、じつは一枚の名刺なんです。倉木の自宅から押収した名刺ホルダーに入っていたものです」

中町はスマートフォンを操作し、これです、といって画面を五代のほうに向けた。そこには一枚の名刺が写っている。持ち出すわけにはいかないから、撮影したようだ。

五代は顔を近づけ、目を凝らした。天野良三《あまのりょうぞう》という人物の名刺だったが、その肩書きを見て、はっとした。『天野法律事務所　弁護士　天野良三』とあった。

「また弁護士か……」

「住所を見てください」

中町にいわれて住所欄に目を移した。そこに記されていた住所は名古屋だった。

「名古屋の弁護士に知り合いがいたわけか……」

「おかしいと思いませんか」

五代はビールをがぶりと飲み、口をぬぐってから中町を見た。若手刑事のいいたいことはわかった。

「浅羽さん母娘《おやこ》への贖罪《しょくざい》として、全財産を譲ることを考えたが、どうすればいいのかわからないので白石さんに相談することにした、と倉木はいっていた。しかしすぐ近くに弁護士の知り合いがいるのなら、そっちに相談するのがふつうではないか。なぜ知り合ったばかりの白石さんに相談したのか」

「しかもわざわざ上京してまで」中町は目を輝かせていった。

「なるほど、たしかに引っ掛かる。その名刺の画像、俺のスマホに送ってくれないか」

「了解です」中町はスマートフォンを操作した。

五代はタマネギの串焼きを手に取った。

「とはいえ、その天野という弁護士と倉木がどの程度の関係だったかはわからない。どこかで名刺を交換した程度で深い付き合いはなかった、ということも考えられる。それなら知り合ったばかりとはいえ、野球観戦で親しくなった白石さんのほうが相談しやすいと考えたとしても不思議じゃない」そういってタマネギに齧《かじ》りついた。特有の香りが鼻孔を刺激する。

「それはおっしゃる通りです」スマートフォンをしまいながら中町は同意した。「でも特に深い関係でもないのに、弁護士の名刺を持ってるなんてことがありますかね。政治家とか実業家といった人脈を広げることに長《た》けた人間ならともかく、倉木は定年退職した、ごく平凡な一般人ですよ」

「それはいえる」五代は自分のスマートフォンを出し、画像が送られてきていることを確認した。「この天野という弁護士に会って、倉木との関係を問い合わせるのが一番手っ取り早いんだがな」

「それ、俺がやりましょうか。今度の休みにでも名古屋に行ってきますよ」

「そうしてくれるとありがたいが……」五代は語尾を濁した。

「何ですか」

「相手は何しろ弁護士だ。捜査令状でもないかぎり、個人的なことをおいそれと教えてくれるとは思えない。守秘義務があるからな。もしかしたら相談者の一人だという程度のことは教えてくれるかもしれないが、その内容は絶対に話さないだろう」

「それは……そうかもしれませんね」中町は声のトーンを落とした。

「君の貴重な休暇を、そんな無駄足で浪費させたくない」

「そんなことは別にいいんですけど、じゃあ、どうします?」

「そうだな……」

五代の脳裏に一つの案が浮かんだ。しかし口には出さなかった。刺激的で魅力的な案ではあるが、それによって引き起こされるかもしれない事態への心構えが、何ひとつできていないからだ。

無言でビールを飲み、肴をつまむ時間がしばらく流れた。ところで、と沈黙を破ったのは中町だった。

「あの事件、公判を前に検察が面倒臭いことをいってきましてね」

「どういうことだ」

「署に、倉木の供述の裏取りをもう少しやってほしいと指示があったそうです。やはり物証が少なすぎるということみたいです」

「何を今さら。自供は証拠の女王だ。それとも倉木が裁判で供述を翻すかもしれないとでもいうのか。そんなこと、あり得ないだろ」

「俺もそう思いますけどね、検察は万一のことを考えているんでしょう。揃っているのは状況証拠ばかりで、報道されていないはずの殺害現場を倉木が知っていた、というのが唯一の証拠らしい証拠ですから」

「所謂《いわゆる》、秘密の暴露。それで十分だって話だったけどな」

「ところが最近になって、ちょっと厄介なものがネットで見つかったらしいんです」

「何だ？」

「ＳＮＳです。現場での鑑識活動を目撃した人間が、清洲橋のすぐそばで殺人事件があったんじゃないか、という内容を書き込んでいました。倉木が逮捕されるよりも前です。公的な報道ではないですけど、そういうものがある以上、殺害現場を知っていたことが秘密の暴露に当たるかどうかは微妙です」

五代はビールを喉に流し込み、かぶりを振った。

「ＳＮＳでそんなものがねえ。全く邪魔臭い時代になったもんだ」

「倉木の電話はスマホじゃなくて、古い携帯電話です。だから位置情報の記録もない。裏取りに任命された連中がぼやいてますよ。ないものを捜し出せといわれてるような虚しさを感じるってね。そのうちに俺も駆り出されるかもしれません」

「指紋とかDNAは結局出ずじまいだったのか」

「ええ。事件当日に倉木が上京した形跡も見つかりませんでした。東京駅周辺の防犯カメラを片っ端から当たったんですけどね。それからもう一つ、電話の痕跡がありません」

「電話？　いつの電話だ」

「供述によれば、当日に倉木は二度、白石さんに電話をかけています。上京したので会えないかというものと、道に迷ったので清洲橋まで来てほしいというものです。ところがその発信履歴が倉木の携帯電話には残っていないんです」

「そいつはおかしいな。倉木は何といってるんだ」

「プリペイド携帯を使ったと」

「プリペイド？」五代は眉根を寄せた。

「しかも名義人不明のものです。当日は、それでかけたといってるんです。犯行後は処分したと」

「そんなもの、どこで入手したんだ」

「五代さん、名古屋の大須《おおす》を御存じですか。大須観音で有名な大須」

「大須……聞いたことがあるな」

「あそこは愛知県最大の電気街でもあるんです。倉木は以前あの街で中古の携帯電話を眺めていたら、見知らぬ男に声をかけられ、買わないかといってプリペイド携帯を見せられたというんです。三万円だったけど何かの役に立つかもしれないと思って買ったとか」

「それを今回使ったというのか。そんな都合のいい話があるか」

「でも筋は通っています。自分の電話を使ったら、白石さんの電話に着信履歴が残ってしまいますから」

「電話を処分すればいい話じゃないか。実際、そうしている」

「電話会社に履歴が残る可能性も考えた、と倉木は話しているそうです。それが本当なら、その電話は犯行の計画性を示す重要な証拠なんですが……」

　実際には、警察が電話会社に開示を求められるのは、発信履歴だけだ。

「そのプリペイド携帯、どこに捨てたと倉木はいってるんだ？」

「自宅に持ち帰り、ハンマーで叩き壊してから三河湾に捨てたと」

五代は頭を振り、思わず苦笑していた。「それじゃ、どうしようもないな」

「というわけで、何もかも倉木の自供頼みなわけです。全部嘘でした、気の迷いでしゃべったことでした、と倉木に直前になってひっくり返された場合、状況証拠だけで有罪にできるかどうか、それを検察は心配しているようです」

中町の顔には緊迫感が漂っている。五代たち捜査一課の刑事たちは、すっかり事件が片付いたと思い込んでいるが、どうやらそうではないらしい。

「何だか胸騒ぎがしてきたな。まさかと思うが、この事件、やっぱりまだ何かあるのか」

五代はジョッキに残っていたビールを飲み干すと、大声でおかわりを注文した。

34

バラエティに富んだ風景が、次々に現れては後方へ流れていった。小高い山を背景に、びっしりと住宅が並んでいたかと思うと、工業地帯が延々と続いたりする。その合間に田園風景が広がり、時折トンネルが視界を遮断する。

東京を出る時には青かった空が、徐々に灰色の雲に侵食されていくようだった。西の空はさらに暗そうだ。まるで自分の将来を暗示しているようで和真は憂鬱になった。

東京駅から下りの新幹線『こだま号』に乗ったのはいつ以来だろうと考えた。数年前に仕事で熱海に行ったのが最後かもしれない。クライアントとの打ち合わせ後、温泉に入り、海の幸に舌鼓を打ちながら酒を飲んだ。仕事がうまくいったので、最高の気分だった。順風満帆の生活が、これからもずっと続くと信じて疑わなかった。

だがたぶん、あの頃には戻れない。会社からは自宅待機せよとの指示が出たままだ。きっと和真の処遇に困っているのだろう。辞めさせたいに違いないが、罪を犯した当人ではないから強引に馘首《かくしゅ》にはできない。

列車が浜松に到着した。豊橋は次の駅だ。

あれこれ迷った末、昨夜、坂野という人物に電話をかけたのだった。知らない番号だと出ないかもしれないと思ったが、すんなりと電話は繋がり、坂野が出た。ところが和真が名乗っても、「えっ、誰の息子だって？　もう一回いってくれ。どこかにかけ間違ってるんじゃないか」と、警戒心の籠もった口調でいった。

「倉木達郎の息子です。この番号は南原という記者さんに教えてもらいました。南原さんの取材をお受けになったと思うんですが」

和真の言葉に、坂野はしばらく黙った後、ああっと大きな声を出した。

「あの人かあ。わかった、わかった。来たよ、南原って記者」

「その時、僕の父の話が出たと思うんですが」

「父って、ええと倉木さん……だっけ？　おたく、あの人の息子さんなわけ？」

「そうです」

「へええ、南原さんから聞いた。おたくの親父さん、灰谷を殺した犯人だったそうだねえ。驚いた。しかも、またやっちゃったそうじゃん」

「ええ、まあ……」

あまりに無神経な物言いに、電話したことを後悔する気持ちが湧いた。

「で、俺に何の用？」

「あ、じつは、ちょっとお話を聞きたくて」

「話？　何の話よ」

「だから昔の事件についてです。坂野さんは父と一緒に遺体を発見したとか」

「ああ、そっちの話か。別にいいけど、そんなものを聞いてどうするんだ？」

「詳しいことを知りたいんです。一体どんな事件で、父がどう関わっていたのか。正直なところ、どうしても信じられないんです」

「そんなことといったって、本人がいってるわけだろ？　自分がやったって」

「そうなんですけど、納得できないんです」

「だったら俺の話を聞いたっておんなじだと思うけどなあ」

「そうかもしれないですけど……」

「まあいいよ、話をするぐらいなら。昼間は暇だし。いつがいい？　明日？」

意外にあっさりと承諾を得られたので拍子抜けした。

「明日でもいいんですか。もちろん僕は早いほうがありがたいですけど」

「じゃあ、明日にしよう。先だと忘れちまうからな」

こうして急遽《きゅうきょ》、会うことになったのだった。

やがて『こだま号』は豊橋駅に到着した。駅を出ると、たっぷりと幅を取った道路が遠くまで延び、それに面して大小様々なビルが並んでいた。和真の生家がある三河安城駅などは、どうしてこんなところに新幹線の駅を作ったのかと悪口をいわれることがあるが、ここは少しも不思議でない。むしろ、なぜ『のぞみ号』が止まらないのかと思うほどだ。

大橋《おおはし》通りと呼ばれる幹線道路に沿い、北に向かって歩いた。坂野から指定された店は、紹介サイトの記事によれば駅から三百メートルほどだ。坂野は喫茶店だといったが、サイトでは和菓子屋と紹介されていた。南原がいっていた通り、坂野は甘党なのだろう。数分歩くと、周囲の建物の高さが急に低くなり、空が広くなった。その空は灰色が濃くなっている。折り畳み式の傘を持ってきてはいるが、降らないことを祈った。

幹線道路から脇道に入ると、途端に小さな商店や民家が増えた。和真はスマートフォンで位置を確認しながら進んだ。間もなく、目的の店が見つかった。昭和を思わせる古い建物で、年季の入った大きな看板が出ている。

店先にショーケースが置かれ、そこには多種多様な和菓子がずらりと並んでいた。それらを横目に見ながら店に入った。

店内には二組の客がいた。女性の二人連れと、ジャンパー姿の中年男性一人だ。男性は週刊誌から顔を上げると、和真の手元を見て鼻の下を擦《こす》った。和真は紙袋を提げている。それが目印だった。

和真は男性に近づき、坂野さんですか、と訊いた。うん、と相手は頷いた。小太りで、丸い顔に無精髭を生やしていた。

「倉木です。このたびは急に無理なことをお願いして申し訳ありませんでした」和真は名刺を差し出した。

坂野は受け取った名刺を興味がなさそうに眺めた後、「まあ、座りなよ」といった。

失礼します、といって和真は向かい側の席に腰を下ろした。坂野の前には、すでに何かを食べ終えたらしく、空のカップとスプーンがあった。

割烹着《かっぽうぎ》姿の中年女性が注文を取りにきた。壁に貼られたメニューにコーヒーがあったので、和真はそれを頼んだ。

「俺は白玉ぜんざい、それからお茶をおかわり」坂野がいった。

たぶんわざと早く店に来たのだろう、と和真は想像した。他人の奢《おご》りで甘味を楽しめるチャンスというわけだ。そう考えれば、会うことにあっさりと承諾したのも納得できた。昼間は暇だともいっていた。

「あの、東京駅で買ったものですけど、よかったらどうぞ」和真は紙袋をテーブルに置いた。スポンジケーキにバナナ・クリームを詰めたものだ。

紙袋の中を覗き、坂野は口元を緩めた。「悪いね。じゃあ、遠慮なく」

和真は背筋を伸ばし、相手を見た。

「早速ですが、話を伺わせてもらってもいいですか」

「いいよ。何が訊きたいんだ」坂野は紙袋を膝の上に置き、取り出した箱を眺めている。

「坂野さんは、一九八四年の事件が起きた頃、被害者の下で働いておられたそうですね」

坂野は箱を紙袋に戻し、げんなりしたような顔で顎《あご》を引いた。

「仕方がなかったんだよ。それまで働いてた会社が潰れちまって、仕事がなくなった。家でぶらぶらしているなら伯父さんのところへ行けって、お袋にいわれたんだ。電話番を探してるらしいからってな。それまで灰谷のことはよく知らなかったんだけど、一緒にいるようになって呆れたね。あんな腐った奴だとは思わなかった」

「南原さんから聞きました。真犯人がうちの父だと聞いても、別にどうでもいいって坂野さんはいってたと」

「どうでもいいねえ」坂野は身体を揺すらせた。「三十年以上も前の話だし、そもそも殺されて当然の奴だった。事件が起きた時も、ああやっぱりこんなことになっちゃったかって思っただけだ」

割烹着の女性がコーヒーと白玉ぜんざい、そして湯飲み茶碗を運んできた。坂野はスプーンを取り、ぜんざいの容器を引き寄せた。しかし食べ始める前に、ただ、といった。

「南原さんの話を聞いて驚かなかった、といえば嘘になる。おたくの親父さん、倉木さんが犯人だったってことに驚いたんじゃなく、あの時に自殺した電器屋のおっさんが犯人じゃなかったってことにびっくりした。俺は、あのおっさんが犯人だと確信してたからさ」

「どうしてですか」

坂野はスプーンで白玉を口に入れてから首を傾げた。

「どうしてって訊かれてもなあ。どう考えてもあの電器屋が一番怪しかった。だから警察もすぐに逮捕したんだ」

「一番怪しかったって……坂野さんはその人が逮捕された事情を御存じなんですか」

坂野はスプーンを持った手を左右に振った。

「証拠とか、そういうのは知らないよ。だけど俺が刑事だったとしても、あの電器屋を捕まえてたと思うね」

「その理由を話してもらえますか」

「それはまあいいけど、大した話じゃない。あの頃、電器屋のおっさんがしょっちゅう文句をいいに事務所に来ていたんだ。灰谷に騙されたとかいってね。あの日もそうだった。ところがその時灰谷は出かけてて、事務所には俺しかいなかった。すると電器屋は、灰谷が戻ってくるまで待つっていうわけよ。鬱陶しかったけど、だめだともいえない。だけど二人きりだとさすがに気詰まりで、俺は灰谷のいそうなところを捜しに行った。小一時間ぐらい、あちこち回ったかな。結局見つからなくて、事務所に戻ることにした。すると倉木さん——おたくの親父さんと建物の前で会った。ああ、そういえば、あの日倉木さんが来たのは二度目だった」

「二度目？」

「電器屋のおっさんと二人きりでいる時、倉木さんが来たんだ。だけど灰谷がいないとわかると、そのままどこかへ行った。だから二度目だ。で、二人で事務所に入って、遺体を見つけた。おまけに電器屋の姿は消えている。ほらね、誰がどう考えても電器屋がやったと思うだろ」

和真は、坂野が話した内容に沿って頭の中で状況を思い描いた。たしかに電器屋——福間《ふくま》淳二《じゅんじ》が疑われるのも無理はない。

「でも父は自分が灰谷さんを刺し殺し、逃走しようと車に乗り込んだところであなたを見かけたので、たった今着いたような顔をして車から降りたといっているようです」

「そうだったのか。本人がいってるのならそうなんだろうけど、あの当時は考えもしなかったな」

「倉木さんにはアリバイがあると思っていた、と南原さんにおっしゃったそうですが」

坂野はスプーンを置き、湯飲み茶碗を手にした。

「何かそういう記憶があるんだよ。警察が到着した後、刑事からいろいろと質問されたんだけど、遺体を見つけるまでどこに行ってたか、なんてことも訊かれたわけだ。俺は灰谷を捜しに近所の喫茶店とかスナックを回ってたって話した。で、倉木さんは倉木さんで何か答えてた。それを聞いて、ああこの人にもアリバイがあるんだな、やっぱり電器屋がやったんだろうなって思った覚えがある」

「父は何と答えたんですか。どこかに行ってたと答えたわけですよね。どこだったか、覚えてないですか」

茶を啜《すす》り、坂野は顔をしかめた。

「無茶いわんでくれよ。三十年以上も前だぞ」

「……すみません」

坂野はスプーンを取り、ぜんざいの残りを食べ始めた。

「ま、今もいったように、本人が自分がやったといってるんだから、それが事実なんだろ。俺に話せるのはここまでだ。電話でいったよな。大したことは話せないって」

「わかりました」

和真はコーヒーカップを取り上げた。コーヒーは、すっかりぬるくなっていた。

帰りの新幹線では、豊橋に向かっていた時以上に気持ちが重かった。多くを望んでいたわけではなかったが、かすかな光の筋ぐらいは見えるのではないかと期待していた。しかし、やはり引っ掛かるのだった。八四年の事件が起きた時、達郎が警察から追及されなかった点だ。坂野の話を聞けば、真っ先に福間淳二が疑われるのは理解できる。だがそれと同等に、達郎に疑念の目が向けられてもおかしくない。いや、おかしくないどころか、警察が見過ごすはずがないのだ。

達郎にはアリバイがあったのではないか。警察は裏付け捜査でそのことを確認したからこそ、早々に達郎への疑念を消した。そう考えれば、すべての筋が通る。

東京駅に着く頃には、すっかり夜になっていた。時計を見ると午後七時より少し前だ。

ふと、清洲橋に行ってみようと思い立った。事件が起きたのが、ちょうど今ぐらいの時間だからだ。前回行ったのは、もっと早い時間帯だった。

電車に乗ったり歩いたりしていると遅くなるので、タクシーを使った。幸い道路がすいていたので、十分少々で到着した。

前と同じように階段で隅田川《すみだがわ》テラスに下り始めたが、清洲橋を見て、足を止めた。橋が見事にライトアップされていた。おかげで、周囲の光景は薄闇に沈んでしまっている。橋の真下などは真っ暗といってよかった。

ゆっくりと階段を下りていった。テラスも薄暗かったが、周りが確認できないほどではない。それでもこの暗さでは、川の反対側や屋形船からだと見えないだろうと思われた。事件当時は工事で行き止まりでもあったそうだし、ここが犯行場所に選ばれた理由が改めてわかった。

この時間帯でも人影はまばらにあった。ランニングをしている者もいる。

川に向かって佇《たたず》んでいる女性がいた。コートの裾が揺れている。横顔を見て、どきりとした。先日会った、白石健介の娘に違いなかった。和真は思わず立ち止まり、あっと声を漏らしていた。

さほど大きな声ではなかったはずだが、耳に届いたのか、彼女が和真のほうに顔を巡らせてきた。そしてすぐに思い出したらしく、驚いたように目を見張った。

無言で立ち去るのも変だと思い、和真は頭を下げてから近づいた。「先日はどうも……」

彼女は少し考える顔をしてから、こちらこそ、といった。

「ここには毎日来ておられるんですか」和真は訊いた。

「毎日ではないですけど、よく来ます」相手の口調は硬かった。

「花を手向けに、ですか」

「それはごくたまにです。あの日がそうでした」

「あ……なるほど」

「あなたもよくいらっしゃるんですか」

「いえ、二回目です。あの日と今日と……」

「そうですか」

和真は深呼吸してからいった。

「もし、不愉快なのでここにはもう来るなということでしたら、これっきりにします」

彼女は目を伏せた後、すぐに和真を見て首を小さく横に振った。

「あたしにそんなことをいう権利はありません」そういって川のほうを向いた。「あたしがここへ来るのは、父の気持ちを知りたいからなんです。三十年以上も前の、すでに時効が成立した殺人事件の犯人に罪を告白され、真実を明らかにすべきと相手を責めた父の気持ちを」

「あなたの知っているお父さんなら、そんなことはしない……と？」

絶対に、といって彼女は和真のほうを向いた。

「絶対にしません。あなたのお父さん――倉木被告人がいっていることは嘘です。でたらめです」

僕も、といった和真の声がかすれた。

「……僕も嘘であってほしいです。あなたのお父さんを殺したということも含めて、何もかもが作り話であってくれたらと心の底から思います」

すると彼女は真正面から和真に強い視線を向けてきた。

「あたしは一つ、証拠を見つけたんです。倉木被告人が嘘をついているという証拠を」

聞き捨てならなかった。「どういう嘘ですか」

「出会いについてです。父と東京ドームで会ったというのは嘘です」

それから彼女が話し始めた内容は意外なものだった。当日、白石健介は抜歯しており、ビールなどを飲むはずがないというのだ。

「あの日、うちの父が東京ドームに行ったのはたしかだと思います」和真はいった。「僕がチケットをあげたんです。よく覚えています」

「でも、あたしの父は行っていません。だから倉木被告人とも会ってないはずです」

「では、二人はどこで会ったと?」

「わかりません。なぜこの点について倉木被告人が嘘をつくのかも。だけどそれが嘘なら、父を殺した動機も嘘じゃないかと思うんです」

彼女の口調はきつく、感情的に聞こえた。しかし話している内容には合理性がある。この女性は頭がいい、と和真は感じた。

「そのことを誰かに相談されましたか」

「検察には伝えてもらいましたけど、どうやら無視されたみたいです。あとそれから刑事さんにも話しました。五代さんという人ですけど、御存じですか」

「あ……その人なら、事件発生直後に僕のところにも来ました。あの方は何と?」

「自分なりに調べてみるとおっしゃってましたけど、当てにはできません。きっと、ほかの事件で忙しいでしょうし。だからじつは、あなたに連絡したいと思って、五代さんに連絡先を教えてほしいとお願いしたんです。断られましたけど」

意外な言葉に和真は当惑した。「僕に連絡……ですか」

「前に会った時、父は嘘をついてるんじゃないかと思っていろいろと調べてる、とおっしゃってたでしょ。だからもしかしたら、あたしと同じように何かを見つけているかもしれないと思って」

「そうですね。いくつかは……。ただ、どれも決定的なものじゃなくて」

「聞かせてもらえませんか。それとも、裁判資料として使う予定ですか」

「いや、それはないです。弁護士さんに話したけど、相手にしてもらえなかった」

「だったら、あたしが聞いても問題ないように思うんですけど」

「それはそうかもしれませんね。わかりました、お話しします」

その前に、といって彼女は右手を身体の前に出した。

「あなたのお名前を伺ってもいいでしょうか」

「あっ、失礼しました」和真は懐から名刺を出した。「倉木和真といいます」

女性は名刺を受け取り、顔に近づけた。暗いから読みにくいのだろう。

「あたしはミレイといいます。美しいに命令の令と書きます」

「白石美令さんですね」

「あなたの名刺には携帯の番号も記されていますけど、あたしの番号をお教えするのは、今日のところはやめておきます。後になってから、やっぱり教えなければよかったと後悔するのが嫌なので。それでは不公平だとおっしゃるのなら、この名刺はお返しします」

「いや、それで結構です。もし不要なら捨ててください」

わかりました、といって白石美令は名刺をコートのポケットに入れた。

「僕が見つけた疑問は、一九八四年の事件に関することです。事件は五月十五日に起きているのですが――」

和真は、達郎が事件から四年後の五月十五日に、新居への引っ越しを計画していたことを話した。

「天候のせいで実際の引っ越しは翌週に延びましたけど、その日は仏滅なので、十五日に少々の荷物を運び入れて、形だけの引っ越しをしたそうです。そんなこと、あり得ないと思いませんか。父は何も考えてなかったといっているらしいんですが、息子の僕がいうのも何ですが、そんな無神経な人間ではないです」

白石美令は真剣な表情で頷いた。「たしかに不自然ですね」

「それからもう一つ、例の『週刊世報』の記事を書いたライターから気になることを聞いたんです」

達郎と共に遺体を発見した人物が、達郎にはアリバイがあると思い込んでいたらしいこと、そこで今日、本人から詳しい話を聞くために豊橋に行ったことを和真は説明した。

「じつは父には本当にアリバイがあって、それで警察から疑われなかったんじゃないか、と僕は考え始めているんですが」

「つまりあなたは、倉木被告人が八四年の事件の犯人だった、という話自体が嘘ではないかと考えておられるわけですね」

「そうです。家族だから都合のいいように想像しているだけだといわれれば、返す言葉がありませんが」

「もしそうなら、父に過去の罪を告白した、というのも嘘ってことになります」

「そうですね。白石さんが真実を明らかにするよう父に迫った、というのも」

和真は白石美令を見つめた。すると彼女も目を合わせてきた。無言の時間が流れた。

二人の間で何かが共鳴しかけているのを和真は感じたが、錯覚だろうか。

「その想像が当たっていたとします。あなたのお父さんは、なぜ過去の罪を被るのでしょうか」白石美令が当然の疑問を投げかけてきた。

「それはわかりませんが、もしかすると……」不意に一つの可能性が和真の頭に浮かんだ。

「何ですか」

「誰かを庇《かば》っているのかも」

「時効になっているんでしょう？　今さら身代わりになる必要がありますか」

この疑問ももっともなものだ。

「それはそうなんですが。あっ……」

和真の耳に、ふっと一つの言葉が蘇った。救済――。

「どうしたんですか。何か思いついたことでも？」ただならぬ気配を感じ取ったかのように、白石美令が険しい顔つきで尋ねてきた。

「ええ、でも、強引なこじつけっていわれるかもしれない」

「いってみてください。聞かなきゃわかりません」

「父が八四年に起きた事件の犯人だと告白したことで、救われた人たちがいます。『あすなろ』を経営している浅羽さんたちです。前に会った時、ようやく冤罪が晴れたといって喜んでおられました。聞けばこの三十年あまり、世間から冷たい目で見られて、ずいぶんと苦労されたそうです」

「でもじつは冤罪ではなかった。自殺した男性は本当に犯人だった。だけどあなたのお父さんは彼女たちに同情して、自分が犯人だと告白することで、冤罪だったと世間に思わせようと考えた」

「そうではないかと思ったんですけど……ごめんなさい、やっぱり強引ですよね」

「そんなことないです」白石美令は大きく首を振り、強い口調でいった。「だって時効になっているんだから、その事件に関しては罪に問われることがありません。どうせ逮捕されるのなら、せめて大事な人たちを救ってやろうとしたというのは、十分に考えられることだと思います」

「だとすれば、父が白石さんを殺したのには別の動機があることになります」

「……そうですね」

白石美令の顔が強張《こわば》ったように感じられた。このように意気投合して話しているが、和真が加害者の息子だということを再認識したのかもしれない。

「何もしないでいれば、今のままのストーリーで裁判が行われるでしょう」和真は彼女から目をそらしながらいった。「本当の動機が何であれ、あなたのお父さんを殺したのが父だというのが事実なら、それでもいいのかもしれませんが――」

「いいわけがありませんっ」再び白石美令の口から強い言葉が発せられた。「あたしは真実が知りたいんです。そのための裁判だと思っています。本当の動機がわからないままでは到底納得できません」

「それは僕もそうです。でもどうすればいいのか……」

「考えてみます。どうすればいいか、懸命に考えてみます。それでもし何か思いついたことがあって、あなたに話したほうがいいと思った場合には連絡します」

決意の籠もった言葉に和真は圧倒された。賢いだけでなく、強い女性でもあるのだ。

「わかりました。僕も引き続き考えます」

白石美令は少し迷った様子を見せた後、コートのポケットからスマートフォンと先程和真が渡した名刺を取り出した。左手に名刺を持ち、右手でスマートフォンを操作した。

和真のスマートフォンに着信があった。画面に番号が表示されている。彼女の電話番号らしい。

着信音が止まり、白石美令はスマートフォンと名刺をポケットに戻した。

「あなたを信用します」

「ありがとうございます。僕も何か見つけたら連絡……連絡してもいいでしょうか」

「はい、お願いします」白石美令はかすかに口元を緩めた。「ではこれで失礼します。あなたと話せてよかったです」

「僕もです」

白石美令はくるりと踵《きびす》を返し、歩きだした。その颯爽とした後ろ姿から和真は目を離せずにいた。

35

陽光を浴びて光る洗練されたデザインのマンションを見上げ、五代は小さく顎を横に揺らした。いかにも広告代理店のエリートが住みそうなところだ。１ＬＤＫでも家賃は十五万近くするかもしれない。

オートロックの共用エントランスで、インターホンを鳴らした。すぐに、はい、と乾いた声が返ってきた。マイクに向かって五代が名乗ると、どうぞ、という声と共にそばのドアが開いた。

エレベータで六階に上がり、六〇五号室のチャイムを鳴らした。

ドアが開き、倉木和真が姿を見せた。スウェットにパーカーという出で立ちだが、どちらも安物でないことは見ればわかる。ただし本人の容貌が前に会った時よりも痩せて見えるのは、疲弊しているに違いないという先入観のせいか。

「急にすみません」五代は頭を下げた。

「いえ、電話でもいいましたけど、僕のほうにも聞いてもらいたい話がありましたから」

室内に案内された。やはり1LDKだった。とはいえ広さは十分にある。ローソファを並べたリビングスペースが作られているが、倉木和真はダイニングチェアのほうを勧めてきた。たしかに、こちらのほうが話しやすい。

「では、それを先に伺いましょうか」椅子に腰を下ろしてから五代はいった。「あなたのほうのお話を」

倉木和真は頷き、徐に口を開いた。

「白石さんのお嬢さんから僕の連絡先を訊かれたでしょう？」

いきなり意表をつかれ、五代は相手の顔を見返した。「どうしてそれを？」

「本人から聞いたんです」

「本人から？　白石美令さんからですか？」

「そうです」

「あの方から連絡があったんですか？」

そうだとすれば、どうやって連絡先を知ったのか。

「偶然、会ったんです。清洲橋のそばで」

「そのことは白石さんから聞きました。でも連絡先の交換などはしなかったのでは？」

「あれからまた、ばったり会ったんです」

「また？　同じ場所で？」

はい、と倉木和真は答えた。

偶然の遭遇が二回か。いや、単なる偶然ではないのかもしれない、と五代は思った。

「あなたは頻繁《ひんぱん》にあそこに行っているんですか」

「僕はそうでもないです。あの日が二度目でした。でも白石さんはよく行っているようなことをおっしゃってました」

「そうですか。あの方がね……」

もしかすると倉木和真に会えることを期待して、時間があれば通っていたのではないか。あの女性なら、それぐらいの積極性を発揮しそうだ。だがここでは口に出さずにおいた。

「二人でどんな話を？」

「いろいろと話しました。お互いが疑問に感じていることなどです。彼女からは、父が東京ドームで白石健介さんと会ったといっている日は、白石さんが抜歯した日だったと聞きました。そのことは五代さんにも話したといっておられましたけど」

「聞きました。抜歯した日だから球場でビールなんかを飲むはずがない、と」

「説得力のある、鋭い指摘だと思いました」

「同感です」

「僕からは、一九八四年に起きた事件について自分なりに調べて、そうして気づいた矛盾のことを話しました」

倉木和真がさらりと話したのを聞き、五代は目を見張った。

「自分なりに調べた？　そんなことをされてたんですか」

「何しろ自宅待機の身ですから、時間だけは腐るほどあるんです」

自虐的な笑みを浮かべてから倉木和真が語った内容は、意外なものだった。東岡崎での事件から四年後の全く同じ日に、倉木達郎は新居への引っ越しを実施したというのだ。

「それが事実なら、たしかに引っ掛かりますね」

「事実です。息子の僕がいってるのだから間違いありません。それからもう一つ」倉木和真の目に宿る光が、一層真剣味を強めた。「あの事件では、父にはアリバイがあったのではないかと僕は考え始めているんです」

「アリバイ？」思いがけない言葉に、五代はぎょっとした。「どういうことですか」

「じつは事件関係者に会いに行ったんです」

倉木和真によれば、その関係者というのは倉木達郎と一緒に遺体を発見した人物で、例の『週刊世報』の記事を書いたライターから連絡先を教わったらしい。その人物とのやりとりから、当時倉木達郎が警察から疑われなかったのはアリバイが証明されたからではないか、という推論に至ったというのだ。

「ちょっと待ってください。つまり達郎氏は今回、やってもいない殺人を告白したというんですか」

「そうではないかと考えています」

「一体何のために？」

「救済のためです」

「救済？」

「ここから先は飛躍しすぎだといわれるかもしれませんが」

そう前置きした倉木和真の話も、仰天すべきものだった。倉木達郎は浅羽母娘を助けるため、一九八四年の出来事は冤罪だったことにしたのではないか、というのだった。

五代は倉木和真の顔をしげしげと眺めた。「とんでもないことを考えつきましたね」

「突拍子もない想像だという自覚はあります。でも、この仮説が思いついたら、頭から離れなくて……」

五代は低く唸って額に手を当て、たった今聞いたばかりの話を整理してみた。驚きのあまり、少し混乱しているからだ。

「やっぱり呆れておられますか」倉木和真が遠慮がちな目を向けてきた。

五代は額から手を離し、背筋をぴんと伸ばして相手を見た。

「ちょっと聞いただけでは、誰もがそんな馬鹿なと思ってしまうでしょうね」

「そうですよね」

ところが、と五代は続けた。

「驚くべきことにきちんと筋が通っている。どこかに穴があるのではないかと考えてみましたが、見当たりません。ただその説を推すとなると、ではなぜ達郎氏は白石さんを殺したのか、なぜ本当の動機を語らないのか、という疑問が生じます」

「おっしゃる通りです。だからこの推理は、ここまでで行き詰まっています」

「そこで担当だった刑事に話して、反応を窺うことにした、というわけですか」

「感想を聞きたいとは思いました」

「感想は、今いった通りです。ある意味、見事な着眼です。決して皮肉ではありません」

「それを聞いて、少し安心しました。独りよがりな空想で、五代さんの大切な時間を奪ったとしたら申し訳ないので。僕からの話は以上です。できましたら、この推理を念頭に置いて捜査をやり直していただきたいと思っているのですが……」

「残念ながら、それは現時点では難しいといっておきます。あなたがおっしゃったように、現時点では空想にすぎません。具体的な根拠がないかぎり、上に再捜査を提案しても突っぱねられるだけでしょう」

「やっぱりそうですか……」倉木和真は肩を落とした。

「ただ、胸には留めておきます。今後、どんな新事実が出てくるかわかりませんから」

五代自身には気休めにしか聞こえない台詞だったが、よろしくお願いいたします、と倉木和真は殊勝に頭を下げてきた。

「ところでこちらから質問なのですが、達郎氏はプリペイド携帯を持っていましたか」

「プリペイド携帯？」倉木和真は怪訝そうな顔をした。「いや、知らないです」

「では大須の電気街にはよく行かれてましたか」

「大須ですか。以前はよく行っていたみたいです。家電品を買い換える時なんか。最近はどうだったかは知りませんけど」

「東京の秋葉原と同様、ああいうところでは改造した通信機や名義不明の電話といった違法なものも出回っているようですが、達郎氏はそういったものに関心があるほうでしたか」

「父がですか。いやあ、そんなことは全くないと思います。どうしてそんなことを？」

「本人がそう供述しているようです。大須の電気街で、見ず知らずの人物からプリペイド携帯を買った、と」

「父が？」倉木和真は首を傾げた。「そんな話、聞いたことがありません。胡散《うさん》臭いものに手を出す人間ではないと思うんですけど」釈然としない様子に演技は感じられなかった。

「話題を変えます。豊橋に行ってこられたそうですが、近々、またあちらのほうに行く予定はあるんですか。御実家とか」

「いえ、当分その予定はありませんけど……」

「じつは、あなたにお見せしたいものがあるんです」五代はスマートフォンを操作し、倉木和真の前に置いた。画面に表示されているのは、例の弁護士の名刺だ。

「これは？」

「達郎さんの名刺ホルダーに入っていたものです。お心当たりは？」

「ありません」倉木和真は即座に首を振った後、何かに気づいたように顔を上げた。

「父がこんな名刺を持っていたということは、この法律事務所と何か関わりがあったということでしょうか」

「何ともいえませんが、そう考えるのが妥当だと思われますね」

「だとすると、変じゃないですか。浅羽さんたちに遺産を譲る方法を相談できる相手がいないから白石さんに連絡した——父の供述によれば、そういうことだったはずです。でもこんな名刺があったということは、この名古屋の法律事務所に何らかの伝手《つて》があったわけで、ふつうならこっちに相談するはずじゃないですか」

さすがにエリート広告マンだけあって、頭の回転が速い。五代のいわんとすることを、直ちに察知したようだ。

「そういう疑問を抱いたので、こうしてお尋ねしているわけです」

「大いに疑問です。是非、もっと深く調べていただきたいと思います」倉木和真は、すがるような視線を五代に向けてきた。

だが五代は、それに対して色好い返事をするわけにはいかなかった。

「申し訳ないのですが、上司からそういう指示は受けていません。じつをいいますと、この名刺に関しては、特に問題にはなっていないんです。所轄の若手刑事がたまたま見つけただけで」

「でも、おかしいですよ」倉木和真はスマートフォンの画像と五代の顔の間で視線を往復させた。「絶対におかしい。どうして調べないんですか」

「捜査は終結しているというのが上の判断です。倉木被告人の供述は強固で、大きな矛盾はありません。この名刺を示しても、上司たちの対応は変わらないでしょう。余計なことをするなといわれるのが関の山です」

「そんな……」理不尽さに苦悶するように倉木和真は顔を歪《ゆが》めた。「何とかならないのですか。上の人の許可がなければ動けないなんて変ですよ」

「ほかのことならともかく、これについては勝手には動けません。令状もないのに東京の刑事がいきなり法律事務所を訪ねていって、倉木達郎という人物を知っているかと訊いても何も答えてもらえないでしょう。先方には守秘義務がありますからね。ただ――」五代は倉木和真の顔を見据えて続けた。「家族ならば話が違います」

　えっ、と倉木和真が戸惑いを示した。

「息子さんが行けば、先方の態度は変わるかもしれません」

「どういうことでしょうか。僕が訊けば、父が名刺を持っていた理由を教えてくれると？」

「ふつうに訊いたのではだめでしょう。親子といえどプライバシーは守られなければいけませんからね。でも切りだし方によっては、打ち明けてくれる可能性はあります」

「切りだし方……ですか」

「ここから先は自分の独り言だと思ってください。聞くも聞かないも、あなたの自由です」そういって五代は唇を舐めた。


倉木和真のマンションを出た後も、自分のしたことが正しかったのかどうか、五代は答えを出せずにいた。警察官としては、たぶん反則だろう。事件の真相を探るためと自分を無理に納得させようとするが、父親の潔白を信じたい若者の心をいたずらに乱してしまったという後ろめたさは消えない。今夜、倉木和真は眠れないのではないか。

それにしてもあの推理には意表をつかれた――。

浅羽母娘を冤罪の苦しみから助けるため、過去の犯罪について虚偽の告白をした、という説だ。時効が成立しているのだから、罪を被ったところで失うものはない。遺産を譲ろうと思うほど、あの母娘が大切な存在ならば、そんな考えを抱いても不思議ではない。

ではなぜそれほど大切なのか。倉木達郎が本当に一九八四年の事件の犯人ならば、冤罪を被らせたことに対する贖罪かと理解できるが、犯人でないのなら話が変わってくる。

五代は時計を見た。午後五時を少し過ぎたところだ。ちょうど空車のタクシーが通りかかったので、手を上げて止めた。後部座席に乗り込みながら、「門前仲町へ」といった。

午後五時半ちょうどに『あすなろ』の前に着いた。開店時刻だが、まだ客は来ていないだろう。彼女らと倉木との関係を、今一度確かめておこうと五代は考えていた。特に織恵《おりえ》のほうだ。本当に恋愛関係にはなかったのだろうか。

二階への階段を上がっていった。するとベージュ色のコートを着た男性が下りてきた。五代とすれ違い、歩道へと出ていく。どこかで見た顔だと考え、すぐに思い出した。前に『あすなろ』に来た時、閉店間際に入ってきた男性だ。

五代は階段を駆け下り、周囲を見回した。ベージュ色のコートの背中が見えた。急いで後を追い、すみません、と声をかけた。

男性は立ち止まり、不審げな顔を向けてきた。

「突然すみません」五代は柔和な表情を心がけ、抑えた声で話しかけた。「自分は警視庁の者です」

こんなふうにいわれて戸惑わない者がいるはずもなく、男性は意外そうに瞬きした。

「私に何か……」

「今、『あすなろ』から出てこられましたよね」

「そうですが」

「違っていたら大変申し訳ないのですが、浅羽織恵さんの元御主人ではないですか」

男性は、かすかに驚きの気配を示した。「ええ、まあ……」

「やっぱり……。大変申し訳ないのですが、今から少しだけお時間をいただけないでしょうか」五代は低姿勢で尋ねた。

「もしかすると例の殺人事件の件でしょうか」

「おっしゃる通りです」

男性は薄く目を閉じながら首を振った。

「だったら無駄です。私は何も知りませんから」

「それは承知しております。事件関係者の周辺の方々を当たっているところなんです。

御協力いただけると助かります。お手間は取らせません」

男性は困惑した表情で腕時計を見た。「そういうことなら構いませんが」

「ありがとうございます」五代は頭を下げた。

数分後、『あすなろ』の向かいにあるコーヒーショップで、五代は男性とテーブルを挟んで席についていた。

改めて自己紹介を行った。五代は、ほかの客に気づかれぬよう注意しながら警察手帳を提示した。相手の男性は名刺を出してきた。安西弘毅という氏名の上には、財務省秘書課課長補佐の肩書きが付いていた。

「安西《あんざい》さんのお姿は、『あすなろ』で前にも一度お見かけしているんです。そろそろ閉店だって頃に入ってこられたように覚えているんですが」

「ああ、あの時に残っていたお客さんがあなただったんですか」紙コップを片手に、安西は首を縦に動かした。あの夜のことを覚えているようだ。

「織恵さんに結婚歴があることはわかっていましたので、もしかしたら前の御主人かなと思った次第です」

「なるほど。――それで私にどのような用が？」安西はコーヒーを啜ってから紙コップを置いた。そんなことはどうでもいいから、さっさと本題に入れ、ということらしい。

「殺人事件については御存じのようですね。やはり織恵さんからお聞きになりましたか」

「いえ、親戚の者から知らされました」

「親戚の方？　どういった経緯でしょうか」

「『週刊世報』ですよ。あれを読んだ者が連絡してきたんです。あの記事に出ている、留置場で自殺した男性の家族というのは浅羽さんたちのことじゃないかって。それで私も読んで、もしやと思い、織恵に電話をして確かめました」

「すると、やはりそうだったというわけですか」

「そんなところです」安西は肯定しつつも浮かない顔つきだ。

「今のお話だと、離婚後も織恵さんと時々連絡を取っておられるように聞こえますが」

「それはまあ……さほど頻繁ではないのですが、面会がありますから」

「面会？」

「息子との、です」

「ああ、そういえば浅羽さんの部屋で写真を拝見しました。小学校の四、五年ぐらいだったと記憶していますが」

「今は中学二年です。面会の時期や回数は特に決めていないので、事前に予定を決めておく必要があるんです」

「今日も、そのために店に？」

「いや、そのためでは……」安西はしばらく黙考すると、周囲をさっと見回し、五代のほうに顔を近づけてきた。「ほかの人間からいい加減な憶測を聞かれても嫌なので打ち明けますが、私たちが離婚したのは、決して夫婦仲が悪くなったからではないんです。原因は織恵の父親の一件です。とはいえ、私は知っていました。結婚を申し込んだ時に織恵から打ち明けられましたから。だけど冤罪だという彼女の言葉を信じたし、その時点で事件から二十年近く経っていたので、自分たちが黙っていれば問題ないだろうと判断したんです。両親は兄の嫁選びには慎重でしたが、次男坊の私の結婚相手には無関心で、織恵の父親は若い頃に事故で亡くなったといえば何も疑いませんでした。実際、結婚してしばらくは何も問題がなかったんです。子供も生まれたし、このままずっと添い遂げられたらいいなと思っていました」

「何か予想外のことがあったわけですね」

五代の言葉に安西は苦い顔で頷いた。

「うちは父が市会議員をしているのですが、跡を継ぐはずだった兄が病気で倒れてしまい、一時期、私が父の後継者候補にされてしまったことがあるんです。そうなると話が変わってきます。後援会の連中や親戚筋が勝手に私の身辺調査をして、何か問題がないかどうかを確かめ始めたんです。所謂、身体検査というやつでね。そうして引っ掛かったのが、織恵の父親の件です。当然、大問題になりました。私は父の跡など継ぐ気がないといいましたが、それで済むことじゃない、このことが世間に知れたら父の名にまで傷がつくといわれました。父にも、結婚する時に隠していたことを責められました。知っていたら断固反対していたってね」

ありそうなことだと五代は納得した。議員の世界は弱肉強食だ。敵対する者にすれば、格好の攻撃材料になる。

「それで結局、離婚を選ばれたわけですね」

「最終的に決めたのは織恵です。彼女から別れようといわれました」

「織恵さんから……」

安西はテーブルに肘を置き、その時のことを思い出すように遠い目をした。

「結婚した時から覚悟はできていたというんです。いずれ父親のことが発覚して、別れなきゃいけない日が来るかもしれないって。これまでの人生は、そういうことの繰り返しだったからと。だったら今度こそ乗り越えようじゃないかといったんですが、彼女は首を縦に振りませんでした。白い目で見られながら結婚生活を続けるのは嫌だし、あなたや息子に迷惑がかかるのを見ているのも辛いといいました。今なら関係者の人たちがあれこれ手を尽くして隠蔽してくださるだろうから、すぐに別れるのが一番いいと、取り乱すことなく、極めて冷静にいったんです。それを聞いていると、偏見に立ち向かおうとしている自分がやけに青臭く思えてきましてね、反論できなくなってしまったというわけです」

「あなたも辛い立場だったわけですね」

「私の辛さなんて」安西は、ふんと鼻先で笑い、肩をすくめた。「織恵の気持ちを考えたら、どうってことありません。だからせめて子供には自由に会えるようにしてやろうと思いました。息子も大きくなりましたから、近頃では一人で会いに行くこともあるようです。ところがそんな中で例の記事――『週刊世報』です。やっぱり織恵の父親は冤罪だったと証明されました。そうなれば話が違ってきます」

「離婚には意味がなかったと？」

「そうはいいません。離婚していなければ、バッシングされたでしょう。でもこれからは違います。じつをいえばこれまでは、息子を織恵に会わせることにも反対する者は少なくなかったんです。しかし今後は風向きが変わるはずです。そこで息子の教育という観点から、私と織恵とが協力して何かやれることはないか、そういうことを相談しに、このところちょくちょく『あすなろ』に足を運んでいるというわけです。今日もそうでした」安西は紙コップを口に運び、テーブルに戻してから五代を見た。「以上の説明でわかっていただけましたか」

さすがに議員の息子だけあって弁が立つ。理路整然とした説明に、疑問を差し挟む余地はなかった。

「大変よくわかりました」五代は安西の端整な顔を見つめていった。「織恵さんと復縁することは考えておられないのですか」

安西は苦笑し、手を横に振った。

「それはありません。じつは七年ほど前に再婚しているんです。今の妻との間には子供もいます。男の子と女の子が一人ずつ」

「そうでしたか」

見たところ安西は四十代半ばだ。七年前なら三十代だろう。再婚していても不思議ではない。

「ただし現在の妻は長男の教育にはノータッチです。だからこそ織恵の力が必要なんです」

「すると今では織恵さんに対する特別な感情はないと？」

「異性としての感情はありません。今でも素敵な女性だと思ってはいますけどね。早く誰かいい相手を見つけて幸せになってほしいと願っているぐらいです」

「そういう相手がいる気配を感じたことはありませんか。たとえばお客さんの中に、とか」

安西は当惑した表情で首を傾げた。

「さあ……私は営業中には行かないようにしているので、そういうのはちょっと」

「そうですか」

ただ、と安西はいった。

「いつだったか、お母さんとたまたま二人きりになることがあって、その時にちょっと気になることをいわれたんです」

「お母さんというのは、織恵さんのお母さん——浅羽洋子《ようこ》さんのことですか」

「そうです」

「何といわれたんですか」

「安西さん、織恵のことはもう気にすることはないですよ、あの子はあの子で心を許せる相手を見つけたみたいですから、と」

「それはいつ頃のことですか」

「たしか去年の今頃だったと思います。息子の件で相談したいことがあって、『あすなろ』に行きました。その時です」

「心を許せる相手、ですか」

「しつこく尋ねるのも品がないと思い、それはよかったですね、とだけ答えておきました。それからその相手との関係がどうなったのかは知りません」そこまでしゃべった後、安西は不審げな目を向けてきた。「こんな話が何かのお役に立つんですか」

「ええ、大いに」

御協力に感謝いたします、と五代は改めて頭を下げた。

36

佐久間梓《さくまあずさ》の事務所で美令が挨拶の後で発した言葉に、黒縁眼鏡の向こうで目が大きく開かれた。

「今、何とおっしゃいました？」佐久間梓が尋ねてきた。

だから、と美令は唇を舐めた。

「倉木被告人に会いたいんです。拘置所へ面会に行こうと思うので、一緒に行っていただけないでしょうか」

動揺した気持ちを鎮めるように佐久間梓は美令を見ながら深呼吸をした。

「何のために、ですか」

「もちろん、どんな人間なのかを知るためです。会ってみて、話してみて、自分で確かめたいと思います。それから尋ねます。あなたはどうして嘘をつくんですかって」

佐久間梓は机の上で両手の指を組んだ。

「やっぱり、倉木被告人が東京ドームで白石さんと出会った、という話が引っ掛かっているんですか」

「それもそうですけど、何もかもが疑問だらけです。犯行の動機にしても納得できるものじゃありません。うちの父が、あんな態度を取るわけがないし」

「その点については今橋《いまはし》検事がいっていたように、被告人が一部を脚色して供述している可能性は大いにあります。でも、自分の都合だけで殺害したという結果の重大性に影響を与えるものではないし、そこを議論しても意味がないと——」

「違いますっ」佐久間梓の言葉を遮り、美令は否定の言葉を放った。「一部脚色なんかじゃないです。では伺いますが、あの供述のすべてが脚色ではないと、どうしていいきれるんですか。あれが嘘ではないという証拠でもあるんですか」

「落ち着いてください。どうしたんですか。一体何があったんですか。おかしいですよ。誰かに何かいわれたんですか」

ぎくりとして美令は横を向いた。「別にそういうわけじゃ……」

「そうなんですね。あなたに何かを吹き込んだ人がいるんですね」

「吹き込んだって、そんなんじゃありません」

「では何ですか。美令さん、正直に話してください。私はあなたの代理人です。あなたの意向に沿ったことしか発言しないし、行動もしません。だけどあなたが本心を打ち明けてくださらなければ、十分なお手伝いができません。何か胸に含んでいることがあるのなら話してください。被害者参加制度に情報の共有は不可欠です」

佐久間梓の口調は熱い。この人物に隠し事をして良いことは何もない。それは美令もわかっている。

「じつは……息子さんに会いました」迷いつつ、打ち明けた。

「息子さん？　誰の？」

「倉木被告人の、です」

佐久間梓が息を呑み込む気配があった。「まさか……いつですか」

「事件現場に花を手向けに行った時、偶然に、です」

「それで？」

「あの方も父親の……倉木被告人の供述に納得できなくて、いろいろと調べておられるそうです。その結果、特に昔の事件に関して疑問点がいくつか見つかったとのことでした。父親があの事件の犯人だといっているのは嘘じゃないか、とさえ考えておられるようです。もしそうであれば、今回の動機も作り話だということになります」

佐久間梓は冷めた目でかぶりを振った。

「先方が被告人に有利な証拠を捜そうとするのは当然です」

「あの方の目的はそれではないと思います。こうおっしゃってました。本当の動機が何であれ、自分の父があなたのお父さんを殺したというのが事実なら、それでいいのかもしれないって。つまり父親が殺人犯という事実自体は、信じたくないけれど受け入れようとしておられるわけです。でも動機も含めて供述内容に納得できないから、あの方なりに行動しているんだと思います。だから会ってみたくなったんです。倉木被告人に。本当にあんな動機で人を殺すような人間かどうか、この目で見極めたいと思ったんです」

佐久間梓は眼鏡に手をかけ、瞬きしてからじっと美令の顔を見つめてきた。

「何ですか。どうかしました?」

「いえ、倉木被告人の息子さんにずいぶんとシンパシーを感じておられるんだなと思って」

その言葉に、なぜか急に身体の血流が激しくなるのを美令は感じた。

「真実を知りたいという気持ちは同じだといっているだけです。それに父を殺したのは、あの方ではありません。事件によって苦しめられているという意味で、あの方も被害者だと思います。そうではないですかっ」つい早口になっていた。

「それはおっしゃる通りです。おかしなことをいってごめんなさい」佐久間梓は小さく頭を下げた。「美令さんのお気持ちはよくわかりました。でも結論をいいますと、今の段階で被告人と会うことには賛成できません。今橋検事もやめてくれとおっしゃるでしょう」

「なぜですか。遺族が会ってはいけないんですか」

「そういうルールはありませんが、美令さんは被害者参加制度の参加人だからです。検察官と共に法廷で被告人の罪を明らかにする立場です。それは様々な客観的情報に基づいて為《な》されなければなりません。個人的に被告人に接触し、予断を持つことは避けるべきです。それにこういっては身も蓋もないかもしれませんが、一度の面会で何かがわかるとは思えません。美令さんに人を見る目がないという意味ではなく、現実的なことをいっています。たとえ美令さんの前で倉木被告人が殊勝な態度を取ったからといって、誠実な人間だと決めつけられるものではないでしょう？」

「そうかもしれませんけど、とにかく一度会ってみたいんです」

「やめておきましょう。これは私からのお願いです」穏やかな口調ではあるが、妥協を許さない響きがあった。

美令は俯き、吐息を漏らした。「仕方ないですね」

佐久間梓が下から顔を覗き込んできた。

「ひとりでこっそり会いに行こう、とか考えてませんか」

図星だった。その案を頭に浮かべていた。「どうしてもだめですか」

「だめです」佐久間梓は胸の前で両腕をクロスさせた。「諦めてください。応じていただけないのなら、私は降ります」

「わかりました」不承不承ながら頷いた。

「やはりまだ、動機が引っ掛かっておられるみたいですね」

「東京ドームで出会ったというのは嘘に決まってるから、父との関係も供述とは違うはずで、当然動機もほかにあるとしか思えないんです」

「なるほどねえ。ところで美令さんは量刑についてはどのように考えておられますか」

「量刑……ですか」

美令は口籠もった。正直、あまり考えていないのだ。

「殺人事件の御遺族の場合、まずは死刑を、それが叶わないならせめて無期懲役をといった具合に、できるだけ重い刑を望む方が殆どです。そのためには皆さん協力を惜しまないし、検察に強い態度を希望する人も多いです。だから美令さんはどうなのかなと思った次第です。お母様は、死刑を望んでおられるようですが」

「あたしは……真実を知ってから、改めて考えたいです。だって、本当のことがわからないままじゃ、被告人の行為がどれだけ罪深いものなのか、推し量れないじゃないですか。違いますか」

「真実を、ね」佐久間梓は視線を一旦斜め上に向けてから、美令の顔に戻した。「わかりました。倉木被告人が述べている殺害動機は嘘だとしましょう。では本当の動機は、供述している内容よりも残虐だと思いますか」

「それは……そんなことはわかりません」

「今回の動機をひと言でいえば、過去の犯罪を隠蔽するための口封じで殺害した、ということになります。白石健介さんには何の落ち度もないわけで、裁判員たちには極めて悪質で身勝手な犯行動機だと捉えられるでしょう。今橋検事は計画性を補強できれば死刑まで持っていけるのではないかと考え、追加の捜査を警察に依頼しているそうです」

「追加で、どんなことを?」

「犯行当日、倉木被告人は白石さんに連絡するのにプリペイド携帯を使用したといっています。ただその電話を入手したのは二年以上も前で、凶器として持参したナイフと同様、今回の犯行のためにわざわざ購入したわけではないと主張しているようです。今橋検事はその供述に疑念を抱いていて、たまたま持っていたのではなく、犯行を決意したからこそ入手したのではないかと考えておられます。だから入手ルートを見つけだし、被告人が犯行直前に手に入れたことを証明できれば、計画性が一段と高まるというわけです」

美令は今橋の、いかにも冷徹そうな顔を思い出した。裁判をゲームのように考えており、そこで勝利することに歓びを感じるタイプだと感じた。

「少し話が横道にそれました」佐久間梓が続けた。「そういうわけで、今橋検事に任せれば今のままで十分に死刑もあり得ると思います。もし倉木被告人が何か隠していて、別の動機があったとします。それが現在供述している内容よりも残虐、あるいは凶悪なものならば、特に問題はないでしょう。でももしそうではなく、何らかの深刻な事情があってやむをえず犯行に及んでしまったのだとすれば、その事情によっては死刑どころか無期懲役にすらならない可能性があります。美令さんは、それでも構わないのですか」

「それは仕方がないと思います。あたしが求めているのは真実であって、死刑判決が出るかどうかは二の次です。とにかく本当のことが知りたいんです」

佐久間梓は考えを巡らせる表情を見せた後、わかりました、と頷いた。

「その意図を今橋検事に伝えましょう。白石さんを殺害した経緯について被告人の供述は信用できないので、別に動機が存在する可能性も疑ってほしい、と。そういうことでいいですね」

「結構です。よろしくお願いいたします」

「ただ御理解いただきたいのですが、現時点では今橋検事としてもどうしようもないと思います。警察による捜査が十分に行われた末、現在の状況になっているのです。今後、何らかの新事実が出てくれば話は別でしょうが」

「しつこいようですけど、だから被告人に直接会って、問い質《ただ》してみたいんです。東京ドームで父と会ったというのは嘘でしょうって」

佐久間梓は論外だとばかりに首と手を同時に振った。

「白石さんが抜歯した夜に球場でビールを飲むわけがないと倉木被告人にいったところで、そんなことは自分は知らない、白石さんは実際にビールを飲んでいたんだからそう供述したまでだ、と主張されれば、それ以上の反論は無理です」

「だったら同じことを裁判の場で指摘したらどうでしょうか。被告人は嘘をついているかもしれないと裁判員の人たちに思わせる効果があるような気がします」

「それは得策ではありません。公判で唐突にそんな質問をしたら、裁判員は戸惑うだけです。嘘をついていると指摘する以上、その証明が必要です。それ以前に今橋検事に方針を理解していただかなければなりません。その上で被告人の嘘を暴いていく手順を綿密に決めておく必要があります。そうしないと検察側の足並みが乱れます」

美令はため息をついた。「難しいんですね、裁判って」

「何を求めるかによります。完全なる真実を、となれば簡単ではありません。ただ今回の事件の場合、動機についてはそれなりに真実に近いのではないか、と個人的には思っているんですけど」

「どうしてですか」

「だってわざわざ時効になった過去の罪を告白しているんですよ。そんな嘘をつくメリットがありますか。逆ならわかります。本当の動機は過去の犯行を隠すためだった。でもそれを知られたくないから嘘の動機を用意した、というのなら」

美令は人差し指の先を佐久間梓に向けた。「それです」

「えっ、それって？」

「メリット。あるんです、倉木被告人には」

美令は倉木和真から聞いた、『あすなろ』の浅羽母娘を助けるために倉木達郎は一九八四年の事件を自分の仕業だと告白したのではないか、という仮説を話した。

「時効になった事件だから罪に問われることはない。だったら自分がやったことにして、やっぱり冤罪だったと世間に認めさせようと考えた。いかがでしょうか」

佐久間梓は、ふうーっと息を吐き出した。「大胆な発想ですね」

「でもあり得ることだと思いませんか」

「あり得ないとはいいません。でも立証できなければ、単なる想像です。倉木被告人の息子さんが、父親を殺人犯だと認めたくないという思いから作りだした妄想、といってもいいです」

美令は眉根を寄せた。「嫌な言い方」

「気に障ったなら謝ります。でも倉木被告人が今の供述を変えないかぎり、私たちとしてはそれを事実として受け入れるしかないんです。倉木被告人が三十年以上前の事件の犯人ではないことなど、もはや誰にも証明できないでしょうから」

この言葉に、美令は心が少し冷めるのを感じた。

「裁判では必ず真相が明らかになる、というわけではないんですね。何だか自信がなくなってきました」

「黙秘権というものがあります。被告人がそれを行使したために真相が闇に紛れてしまったケースは珍しくありません。でも、どうかめげないでください。まだ公判が始まってもいないんですから」

「佐久間先生には感謝しています。世の中にはどうにもならないことがあると理解できる程度には、世間のことを知っているつもりです」美令は席を立った。「今日はこれで失礼いたします」

「まだ時間はあります。美令さんが納得できるいい案がないか、考えておきます」

「よろしくお願いいたします」

だが部屋を出る前に美令は立ち止まり、振り返った。

「なぜ謝罪がないんでしょうか」

「謝罪？」

「倉木被告人は罪を認め、大いに反省しているようです。でも未だにあたしたち遺族に対する謝罪の言葉が聞こえてきません。詫びる手紙を預かったといって弁護士が訪ねてきたこともありません。なぜでしょうか」

「それは私には何とも……」

「もしかすると倉木被告人には謝罪する気がないのではありませんか。自分の犯行は正当な行為だったと思っているとか」

「そんなことはないと思います。減刑を狙ったパフォーマンスだと思われるのが嫌で、あからさまな謝罪はしないという被告人も少なくありません」

「そうなのかな」

佐久間梓が警戒するような目を向けてきた。

「まさかこれについて倉木被告人の息子さんと話し合ってみようとか考えてないですよね」

「いけませんか」女性弁護士の反応を窺いながら美令はいった。

佐久間梓は呆れたように両手を広げた。

「やめたほうがいいです。万一、二人で会っているところを誰かに見られたりしたら、世間からあらぬ誤解を受けることになります」

「あたしは真相究明のためには手段を選ばない覚悟なんですけど」

「どうか選んでください。無茶はしないでください。ほかの誰でもない、あなたのためにいっています」

「考えておきます」

「美令さん……」佐久間梓は弱り果てた顔になった。

失礼します、といって美令は事務所を後にした。申し訳ない気持ちはあったが、ここで安易に約束して、それを破るのはもっと嫌だった。

建物の外に出ると冷たい風が頬に当たった。だが心地よく感じるのは、気持ちが昂揚しているせいかもしれない。我ながら大胆なことをいくつも発言したと思った。考えるよりも先に言葉が出てしまった感じだ。

倉木和真の顔が、ふっと浮かんだ。

奇麗で真摯な目が印象的だった。懸命に辛い現実と向き合おうとしていることが、ひしひしと伝わってきた。きっと仕事でも有能なのだろう。突然人生が暗転し、絶望しているに違いなかった。

　彼に同情する気持ちがあることに美令は自分で驚いていた。被害者の遺族としてではなく客観的に事件を俯瞰《ふかん》できているからなのか、彼の人間的な何かに影響されているのか、あるいはそれらとは別の要因のせいなのかはわからなかった。ただ間違いなくいえるのは、彼に対する嫌悪感などは一切ないということだった。

　帰宅すると綾子が夕食の用意をして待っていた。メインディッシュはムニエルだった。綾子の得意料理だ。

「ついさっき、佐久間先生から電話がかかってきた。あなた今日、事務所に行ってきたそうね」ナイフとフォークを持つ手を止めて綾子が訊いてきた。

「そうだけど、それがどうかした？」何かいわれる気配を感じたが、平静を装った。

　綾子はナイフとフォークを置いた。

「あなたなりに疑問があって、それを何とか解決したいという気持ちはよくわかる。私も、もし明らかになっていない事実があるのなら、何としてでも知りたい。でも、先方と関わるというのはどうなの？」

「先方？」

「犯人の家族よ。息子だって？　会ったそうね。佐久間先生から聞いたわ。お母様も御承知のことですかって訊かれて、びっくりしちゃった。どうしていわなかったのよ」

「わざわざ話すまでもないかなと思っただけ。それが何か？」母親の顔を見ず、淡々とムニエルを食べ続けた。

「何か、じゃないでしょ。相手は敵なのよ。わかってるの？」

美令はゆっくりと咀嚼《そしゃく》し、口の中のものを飲み込んでから顔を上げた。

「敵？　何をわけのわかんないこといってんの。犯人は倉木被告人かもしれないけど、その家族に責任はないでしょ？」

「それはそうかもしれないけど、裁判においては敵なのよ。向こうは少しでも罪を軽くしようとしてくるに決まってるんだから」

「あの人に、そういう発想はないと思うけど」

「あの人って？」

「だから倉木被告人の息子さんのことだけど」フォークでサラダを口に運んだ。

「お願いだから、そんな馴れ馴れしい言い方はしないで。お父さんを殺した犯人の息子なのよ」

美令はフォークを置き、真っ直ぐに母親を見つめた。

「あたしは真実が知りたいの。そのためには誰とだって会うし、必要なら手を組む。お母さんみたいなことをいってたら、永遠に真相はわからない」

綾子が険しい目で見返してきた。

「真相なんてね、そう簡単にわかるものじゃないの。わかったとしても大したものじゃない。お父さんがよくいってた。犯行動機をうまく説明できない被告人は多いって。何となく盗んだ、気がついたら殺してた、自分でもよくわからない、そんなのばっかりだって。倉木だって、きっとそう。本人なりにいろいろとあったんだろうけど、結局のところは浅い考えで発作的に行動しただけ。そうに決まってる。だからそんなことにこだわったって仕方がないの。私たちが気にするべきなのは、罪にふさわしい刑罰が下されるかどうかってことだけ。私は死刑を望んでる。それが叶えられるなら、細かいことはどうでもいい。だから美令にもお願いしたいわけ。もう余計なことはしないでほしいの。犯人の息子に会うのなんて、もってのほかだからね」

「もってのほか、ねえ」

「わかった？　私の話、ちゃんと聞いてる？」

「聞いてるよ。お母さんの考えはよくわかった。間違ってるとは思わない。でもね、あたしにはあたしの人生がある。今、あたしの人生の歯車は止まってる。このままだと一ミリだって動きだせない。死刑判決なんて、あたしにとっては何の意味もない」

「美令……」

「ごちそうさまでした。今夜の料理も美味しかった。いつもありがとう」そういって美令は立ち上がった。

37

壁に掛けられた中日ドラゴンズのカレンダーを見て、今はこういう選手が活躍しているのか、と和真は思った。ネットの記事などで名前を目にしたことはあったが、顔を見るのは初めてだった。ポジションもあやふやだし、背番号なんて全く知らなかった。

昔は達郎に連れられて、よく球場に行ったものだ。生で見るプロの選手たちのプレーは迫力満点だった。だがいつの間にか、プロ野球への関心が薄れていった。進学を機に上京したのが、そのきっかけだ。東京では、プロ野球の公式戦を地上波のテレビではあまり見られない。インターネットで試合結果を追っているだけでは、到底プロ野球ファンとはいえないだろう。しかも特に強く応援しているチームがあるわけでもない。

その点、生粋のドラゴンズファンだった達郎は、最近でも年に何度かはナゴヤドームに足を運んでいたようだ。それを知っていたから、開幕戦の巨人戦のチケットを知り合いのコネを使って入手してやったのだ。そのことを電話で知らせた時の達郎の反応を、和真は今でも覚えている。老いた父親が、「マジかっ」という言葉を使うのを初めて聞いた。

きっと期待に胸を躍らせて東京ドームへ行ったに違いない。内野スタンドの、わりと良い席だったから驚いたのではないか。

その隣に白石健介が座っていた――。

そこまで想像を巡らせたところで和真は首を傾げた。白石は、どうやってそのチケットを入手したのだろうか。東京ドームの開幕戦となれば、そう易々とは手に入らない。無論、弁護士としての顔の広さを生かせば何とでもなるだろう。あるいはインターネット・オークションで落札したことも考えられる。

だがもしそうした方法を取ったのであれば、何らかの形で痕跡が残るのではないか。警察はそれを把握しているのだろうか。

いや、たぶんそれはない、と和真は思った。抜歯の事実から、あの日に父が東京ドームなどに行くはずがないという白石美令の指摘に対して、どうやら五代たちは明確な反論ができないでいるようだ。白石健介がチケットを入手していた事実を摑んでいるのなら、そのことをいうのではないか。

和真はスマートフォンを取り出し、たった今思いついたことをメモに残した。次に白石美令に会ったら話してみようと思った。

しかし再び彼女と会う日が果たして来るのだろうか。事件の真相に関して何か思いついたことがあって、和真に話したほうがいいと思った場合には連絡する、と彼女はいった。あくまでも、必要とあれば、だ。本音では、加害者の息子となど関わりたくないと思っているに違いない。先日は思いがけず意気投合したような気になっていたが、自分だけが調子に乗っていたのではないかと思い直し、自己嫌悪に陥ったのだった。

そんなことを考えていたら、倉木さん、と呼ばれた。顔を上げると受付カウンターの女性が頷きかけてきた。

「三番のお部屋にどうぞ」女性は奥に進む通路の入り口を指した。

行ってみると部屋のドアは内側に開いていて、小さな机の向こうで白髪の男性が穏やかな笑みを浮かべて座っていた。

「倉木さんですね。ドアを閉めて、お掛けになってください」

はい、と和真は答え、いわれたようにドアを閉めてから椅子に座った。

天野です、といって男性は名刺を出してきた。そこには『天野法律事務所　代表弁護士　天野良三』とあった。達郎の名刺ホルダーに入っていたとされる名刺とはデザインが少し違っている。あちらの名刺の肩書きには、『代表』の文字がなかった。配下に若手弁護士を置いたのかもしれない。

「本日の御相談内容は、お父様の遺産相続について、ということのようですが、具体的にはどういったお話でしょうか」天野が手元の書類を見ながら尋ねてきた。受付カウンターで渡された書類で、そこに相談内容を書き込むようにいわれたのだ。

「じつは父が遺言書を作成しているらしくて、その内容をたまたま知ってしまったんです。どうやら全財産を一人息子の僕にではなく、全くの赤の他人に譲ろうとしているようなのです。そんなことが可能なのでしょうか」

なるほど、と天野は頷いた。

「遺言書にそういうことを書いてもいいのかという御質問でしたら、構わないとお答えするしかないでしょうね。どんなことを書こうと本人の自由ですから。ただし、書けば必ずそのようになるのかということでしたら、それはケース・バイ・ケースで、ならない場合もあるとお答えしておきます。ええと、お母様は御存命でしょうか」

「いえ、母は亡くなりました」

「一人息子だとおっしゃいましたね。つまり、あなたのほかにお子さんはいらっしゃらないわけですね？」

「はい」

「それならば話は簡単です。あなたが了承すれば、お父さんは全財産をほかの方に譲ることが可能です」

「僕が了承しなければ？」

「全財産を譲ることはできなくなります。お父さんが自由に譲れるのは全財産の半分までです。残りはあなたに相続する権利があります。それを遺留分といいます。そこからは話し合いです。あなたにその気があれば、いくらかを譲ったらいいし、その気がないのなら半分を相続すればいいのです」

和真は頷いてみせた。「やっぱりそうですよね」

「やっぱり、とは？」

「こちらに来る前に自分なりに調べてみたんです。遺留分のことも知りました。でも父は、僕の意向など関係なく全財産を他人に譲れると考えているようなんです。そんなふうに電話で誰かと話しているのを聞きました。その時、法律事務所で確認した、とまでいっていたんです」

天野は首を捻った。

「それはおかしいですね。そんなことをいう弁護士はいないと思います。失礼ながら、お父様は実際には法律事務所などへは行っておられず、適当に御自分の考えを述べられたのではないでしょうか」

「いや、それがどうも、法律事務所に行ったというのは本当のようなんです。というのは、名刺が見つかっておりまして」和真はスマートフォンを取り出し、素早く操作した。画面に表示させたのは例の名刺だ。五代のスマートフォンから送ってもらったのだ。これです、といって天野に見せた。

途端に白髪の弁護士の表情が変わった。自分の名刺を見せられるとは予想していなかったのだろう。

「どういうつもりなのか父に直接訊ければ話が早いんですけど、遺言書を作っていることは、僕は知らないことになっているので……」

「お父様のお名前を、ここに書いていただけますか」天野はボールペンを出しながら、書類の余白を示した。

和真が達郎の名前を記すと、少々お待ちください、といって天野は出ていった。閉まったドアを見つめ、ふうーっと息を吐いた。緊張から、腋の下が汗びっしょりだ。

しかし、とりあえずここまではうまくいった。

今のやりとりは、五代から入れ知恵されたことが元になっている。

仮に達郎が何かを相談するために法律事務所を訪れていたとしても、その内容は息子といえども教えてくれないだろう、と五代はいった。

「だけどその相談内容が、他人への遺産の贈与に関するものかどうかを確認するだけなら方法はあります。まずは達郎さんの名前は伏せて、同じ内容を相談します。その上で、父も法律事務所で相談したようだけど、全然別のことをいわれたらしいというのです。

そこで、じつはその事務所とはここなのだと明かします。弁護士はあわてて確認するでしょう。もし達郎さんが名刺を持っていただけで相談になど行っていなければ、あなたのお父さんが来たという記録はありません、と弁護士はいうでしょう。相談には来たけれど全く違う内容なら、そのようにいうはずです。そのどちらでもなかった場合は、わざわざ名古屋まで出向いた甲斐があった、ということになるかもしれません」

自分では勝手に動けない五代が、和真をたきつけているのは明らかだった。しかし決して悪意からではないこともわかった。あの刑事も事件の裏に別の真相があるのでは、と疑い始めているのだ。

五代が授けてくれた策は名案だと思われたが、唯一心配なのは、天野という弁護士が今回の事件を知っていて、逮捕された倉木達郎が相談者だと気づいていた場合だ。息子が来たとなれば、きっと警戒するだろう。

だがたぶんそれはないと五代はいった。裁判で弁護人を務めたりしたのならともかく、日々やってくる相談者の名前など、いちいち覚えてはいないだろうというのだった。和真も同感だった。そして天野の反応を見たかぎり、その予想は当たっていたようだ。

ドアが開き、天野が戻ってきた。

「確認しました。たしかにお父様がいらっしゃってますね。一昨年の六月でした。記録を調べているうちに思い出しました」

「相談内容は？」鼓動が速まっているのを感じながら和真は訊いた。

天野が席についてから小さく頷いた。

「同様の件でした。血の繋がりのない人物に遺産を譲る手順についてです。しかしおかしいですね。息子さんへの遺留分のことも説明したはずです。はっきりと覚えていますし、記録にも残っています。お父さんはお忘れになっているか、何か勘違いをなさっているのではないでしょうか。もしこちらの話を何か誤解しておられるようなら、いつでも御説明いたしますが」

「わかりました」そう答える声が興奮のあまり震えた。動揺が顔に出そうになるのを懸命に堪《こら》えた。「それとなく父に確認してみて、その必要があるようならまた御連絡します。本日はありがとうございました」立ち上がった。

「もういいんですか」

「はい、十分です」

「お役に立てたのならいいのですが」

「それはもちろん」今度は声が上擦った。

事務所が入っている建物を出ると、右の拳を振った。人目がなければ叫びたい気分だった。思った通りだ。達郎は一年数か月も前に天野弁護士からレクチャーを受けていた。だから改めて白石健介に相談するわけがないのだ。この前の『敬老の日』にテレビを見ていて、遺産を浅羽母娘に譲ることを思いついたというのも嘘だ。

どうすればいいだろうか。

これから自分は何をするべきか。こんな重大な事実を発見して、何も手を打たないなんてことはあり得ない。

高いビルがそびえ立つ中を、名古屋駅に向かって歩きながら考えた。

堀部に話し、達郎本人に尋ねてもらうか。だが達郎があっさりと嘘を認めるとは思えなかった。犯行日と同じ日に引っ越しを計画した理由を訊かれた時と同様、法律事務所には行ったが、天野弁護士のいうことが理解できなかったとか、アドバイスの内容を忘れたとか、言い逃れをしそうな気がする。

そもそも堀部が当てになるとは思えなかった。あの弁護士は悪い人間ではないし、それなりにきちんと仕事をしてくれているが、達郎の供述を少しも疑おうとしない。事実関係を争うことは早々に放棄し、減刑に繋がる材料探しだけに躍起になっている印象だ。五代には報告すべきだろう。和真が天野弁護士に会いに行くことを予想し、その首尾がどうであったか、きっと気にしているに違いない。この結果を聞けば、目の色を変えるのではないか。

そしてじつは堀部や五代よりも先に、和真の頭に浮かんでいる顔があった。白石美令だ。彼女は白石健介と達郎との出会いに疑念を抱いている。この話を聞けば、それはより強いものになるだろう。

だが連絡していいものだろうか。

何か見つけたら連絡してもいいかと尋ねたら、お願いします、と彼女は答えた。あの言葉は社交辞令などではないとは思う。しかしこの情報は、それだけの価値があるものだろうか。加害者の息子が被害者遺族に知らせるほどのものか。重大な発見だとは思うが、ここからさらに新たな何かが見つかるまでは自重すべきではないか。

あれこれ悩んでいるうちに名古屋駅に着いてしまった。和真は券売機で新幹線のチケットを購入した。行き先は三河安城駅だ。いいタイミングで『こだま号』が来ることは、予《あらかじ》め時刻表で確認してある。

前に実家に帰った際、溜まっていた郵便物を整理した。だがその後、郵便局に転居届を出すのをすっかり忘れていたのだ。先日インターネットで手続きを済ませたが、それまでの間に届いた郵便物を回収しておく必要があった。郵便受けは門の脇にある。回収したら家には入らず、即座に駅に戻ろうと決めていた。

ホームに立ってから時計を見ると、列車が来るまで五分少々あった。和真はスマートフォンを取り出した。迷いつつ、白石美令の番号を選んだ。ふうっと息を吐いてから発信ボタンをタップした。スマートフォンを耳に当て、目を閉じた。体温が上昇し、鼓動が激しくなるのを感じた。

呼出音が聞こえた。二回、三回、だが相手は出ない。四回目の呼出音を聞いたところで和真は電話を切った。まだ昼間だ。平日だから、白石美令も仕事中に違いない。こんな時間帯に電話をかけること自体が非常識なのだ。

やがて『こだま号』がゆっくりと入ってきて、止まった。自由席車両は空いている。二人掛けシートの通路側に座った。三河安城駅までは、たったの十分ちょっとだ。だから前回家に帰った時も、『のぞみ号』で名古屋に来てから『こだま号』で戻った。

列車が動きだして間もなく、スマートフォンに着信があった。見ると白石美令からだった。和真はあわてて席を立ち、電話を繋ぎながらデッキに出た。

「はい、倉木です」

「白石です。先程、電話をいただいたみたいですけど」

「はい、お知らせしておきたいことがありまして。今、少しだけ大丈夫ですか」

「あたしは大丈夫です。何かあったんでしょうか」

「じつは、ついさっきまで名古屋の法律事務所にいました。というのは、父の所持品から、そこの名刺が見つかったからなんです。そんな近くに知っている法律事務所があるのなら、遺産のことでわざわざ白石さんに相談するはずがないと思いまして」

「それで、どうでした？」白石美令の声には緊張の気配が籠もっていた。

「父は一昨年の六月に訪れていました。その相談内容は――」

和真が天野から聞いたことをそのまま話すと、白石美令は沈黙した。その時間があまりに長いので電波が途切れたのかと思った時、倉木さん、と重たい口調で呼びかけてきた。

「これからどうするおつもりですか？」

「それを考えているところです。でもまずは白石さんにお知らせしておこうと思いまして」

「ありがとうございます。大変驚きました。とても貴重な情報です」

「そういっていただけるとほっとします」

間もなく三河安城駅に着くというアナウンスが流れた。

「新幹線の中なのですね」

「そうです。郵便物を回収しに、実家に寄る途中です」

「その後は何か御予定があるんですか」

「特にありません。東京に帰るだけです」

「そうですか……」そういって白石美令は、また黙り込んだ。

列車のスピードががくんと落ちた。和真はスマートフォンを耳に当てたまま、足を踏ん張ってよろけるのを防いだ。

「東京に着くのは何時頃になりそうですか」白石美令が尋ねてきた。

どきりとした。意味もなく、こんなことを訊いてくるわけがない。

「ちょっと待ってください」

和真は頭の中で素早く計算した。効率よく動けば、午後四時には三河安城駅に戻れるのではないか。『こだま号』で帰京するつもりだったが、もう一度名古屋駅に戻って『のぞみ号』に乗るという手はある。

列車が停止し、ドアが開いたので和真はホームに降り立った。

「六時半頃には東京に帰れると思いますが」

「六時半、ですか。その後、予定はないんですね」

「ありません」

「では七時にどこかでお会いできませんか。詳しいことをお聞きしたいですし、今後のことも話し合っておきたいので」

白石美令の提案は、和真が内心期待していたものだった。

「僕のほうは構いません。どちらに伺えばいいでしょうか」

「どこかゆっくりと話せるところがいいですね。東京駅のそばで、そういう店を御存じありませんか」

「東京駅のそばではないですけど、銀座になら一軒知っています」

先日南原と会った店だ。店名と場所を教えると、そこでいいと白石美令はいった。

電話を終えた後、和真は複雑な思いに襲われた。彼女と会えることになり、心が浮き立っている。だが一方で、そんな気持ちに罪悪感も抱いている。父親が殺人罪で裁かれようとしている時に、被害者遺族と会うことを楽しみにするなど言語道断、不謹慎などという言葉すらふさわしくない。

白石美令は、あくまでも真相究明のために会おうとしているだけで、本当は加害者の息子の顔など見たくもないのだ——和真は自分にいい聞かせた。

前回と同様、駅からタクシーで篠目に向かった。和真は車内で持参してきたマスクを装着した。近所の人間がいた時の用心だ。隣家の吉山は好意的に接してくれたが、例外と考えたほうがいい。

小さな交差点の手前で和真はタクシーを止めた。角を曲がれば、すぐに実家がある。料金を払いながら、「すぐに戻ってくるので、ここで待っていてもらえますか」と訊いた。

「なんだ、それならメーターを止めないほうがよかったんじゃないか」年老いた運転手は笑った。乗り逃げされることを考えていないらしい。ここはそういう土地なのだと実感した。殺人者など出るはずのない町だ。

タクシーを降りて、足早に歩きだした。角を曲がり、人目がないことを確認しながら実家に近づき、周囲を見回してから門をくぐった。

郵便受けを見ると、やはりいろいろと届いていた。片手で摑み出し、バッグに押し込んでから急いで門を出た。

タクシーに戻り、三河安城駅に行ってくれるよういった。

「やっぱ、メーターを止めないほうが安かったんと違う?」そういいながら運転手はエンジンをかけた。

和真はバッグから郵便物を出し、確かめた。ダイレクトメールや光熱費の検針票に交じって、少し幅の広い封筒があった。差出人の欄には『豊田中央大学病院』と印刷されていて、『化学療法科　富永』とボールペンで添えてあった。

宛名は『倉木達郎』となっているが、和真は迷いなく封を開けた。

38

倉木和真と待ち合わせた店の前に立ち、どうしようかなと美令は迷った。約束の午後七時より十分近く早かったからだ。先に席について待っているなんて、いかにも気が急《せ》いているみたいではないか。彼の話を早く聞きたいのは事実だが、物欲しげな印象は持たれたくない。とはいえ、歩き回って時間つぶしをするのも妙だ。

首を振り、店の自動ドアをくぐった。一体、何を気にしているのか。相手がどう感じようと関係ない。たまたま早く着いた、ただそれだけのことだ。

一階はケーキ販売店で、喫茶スペースは二階にあるようだ。階段を上がり、広々とした店内を見回した。三割ほどの席が埋まっている。どこの席にしようかと考えていたら、窓際で男性が立ち上がるのが見えた。スーツ姿の倉木和真が小さく会釈してきた。何のことはない。彼はとうに着いていたのだ。

「お待ちになりました？」椅子に腰を下ろしながら美令は訊いた。

「いえ、早めに来てよかったです。お待たせしてしまうところでした」和真はいった。

彼は彼なりに気遣っているようだ。

ウェイトレスが水を運んできた。美令はカフェラテを、和真はコーヒーを注文した。

「突然すみませんでした」ウェイトレスが去ってから和真が頭を下げてきた。

「驚きました。詳しいことを教えていただけますか」

「はい、もちろん」

和真はスマートフォンを操作し、美令の前に置いた。画面には名刺が写っている。『天野法律事務所』という文字が確認できた。

「五代刑事から見せられました。父の名刺ホルダーから見つかったそうです。心当たりはないかと訊かれましたが、ありませんと答えました」

「これについて警察では何らかの捜査を？」

和真は首を振った。「する予定はないそうです」

「どうして？」

「捜査は終了しているというのが、警察上層部の認識らしいです。五代さんがこれを見せてくれたのは、個人的な関心からのようでした。あの方も疑問を感じておられるんです」

「それで今日、あなたが名古屋に？」

はい、と和真は頷いた。

「この名刺にある天野さんという弁護士に会ってきました。先程電話でもいいましたが、父の相談内容は、遺産を他人に譲れるかどうか、というものでした。長男の僕に遺留分があることもきちんと説明したとのことでした」

「だったら、同じことを父に相談するわけがないですね。これではっきりしたと思いませんか。倉木被告人――あなたのお父さんは嘘をついています。東京ドームで出会ったというのも、相続のことで父に相談したというのも全部嘘。当然、犯行の動機も嘘の可能性が高いってことになります」

「東京ドームについては、もう一つ疑問が見つかりました」

その疑問とは、健介が観戦チケットをいかにして入手したか、警察は突き止められていないのではないか、というものだった。たしかに、もしそれが確認できているのなら、美令の指摘に対して五代がそう答えるはずだ。

　ウェイトレスが近づいてきて、二人の前にそれぞれの飲み物を置いた。その間、美令はじっと和真の顔を見つめていた。和真も真剣な表情で彼女の視線を受け止めてくれた。

「問題は、次にどうするかです」コーヒーカップを持ち上げて、和真がいった。「弁護士を通じて父に確かめてみようかとも思うのですが、これまでのことを考えると、何だかんだと言い訳をするだけのような気がします。一応、五代刑事には話してみるつもりですが、どれだけのことをしてくれるかはわかりません」

「あたしも、参加弁護士の先生に話すかどうかは少し考えてから決めます。話したところで、あまり力にはなってもらえないような気がするんです。倉木被告人が供述を変えないかぎり、今のままで公判が行われるわけで、それで十分に勝てると検察は考えているようです。最近になってつくづく思うんですけど、検事や弁護士というのは、裁判に勝ちさえすれば真相などは二の次なんですね」

「それは僕も感じます。弁護士は情状酌量《じょうじょうしゃくりょう》を狙うの一点張りで、僕が父の犯行だと認めていないことも不満のようです。名古屋の法律事務所の話をしても、余計なことをせずにおとなしくしていろといわれるかもしれません」

「おとなしく、ですか。それは――」

あたしも、といいかけて美令は口を閉ざした。

「何か？」

「いえ、あなたには関係のないことでした」

本当は関係がないどころか、大いに関係することだった。佐久間梓に話したくないのは、そのためにはこうして和真と会ったこともいう必要があるからだ。それを聞けばあの女性弁護士は、きっといい顔をしないだろう。また綾子に告げ口するかもしれない。

美令はカフェラテのカップに手を伸ばした。この店のカフェラテは香りが豊かで美味しかった。陶器のカップでこういうものを飲むのが久しぶりだからかもしれない。行きつけのコーヒーショップは、どこも紙コップだ。

窓の外に目を向けると、銀座の街を見下ろせた。最近、似たような経験をしたのを思い出した。門前仲町にある、健介が入ったというコーヒーショップに行ってみた時のことだ。ただし、あの街はこれほど華やかではなかった。そしてあの時に手にしていたのは、まさしく紙コップに入ったカフェラテだった。向かいにある『あすなろ』が入っているビルを眺めていたら、そこに倉木和真が現れたのだ——。

ふっと疑問が浮かび、和真のほうを向いた。

「どうしました？」

「何のために、あの店に行ったんでしょう？」

「あの店？」

「『あすなろ』の向かいにあるコーヒーショップです。事件が起きる前、父は二度、あの店に行っています。しかも二度目はかなり長い時間、滞在していたようです。倉木被告人から浅羽さんたちのことを聞き、彼女たちの現在の状況を確認しに行ったのではないか、とみられているみたいです。でも倉木被告人が遺産贈与のことを父に相談したのでないなら、父は何のためにあのコーヒーショップに行ったのでしょうか」

和真はゆっくりと首を上下に揺らした。「たしかにそれも疑問ですね」

「そもそも、浅羽さんたちの様子を知りたいのなら、そんなところで見張っているより、『あすなろ』に行けばいいと思うんです」

「おっしゃる通りです。やっぱり僕は、もう一度昔の事件を調べ直してみようと思います。素人にどれだけのことができるかはわかりませんが、すべての根源がそこにあるように思えてならないんです」

「昔の事件が起きたのって、一九八四年でしたっけ?」

「そうです」

美令はカフェラテを口に含み、小さく首を傾げた。

「何か引っ掛かりますか?」和真が訊いてきた。

「ちょっと思ったんです。あたしのほうも調べたほうがいいんじゃないかって」

「何をですか?」

「だから昔のことです。倉木被告人の供述が嘘なら、もしかするとうちの父と浅羽さんたちの間に何か関係があるのかもしれません。だからあのコーヒーショップで『あすなろ』の様子を見ていたとも考えられます」

「まさか。どう関係しているというんですか」

「それはわかりません。でも一応、自分なりに調べてみようと思います」

一九八四年――美令が生まれるより、ずっと前だ。健介は二十二歳だったはずだから、まだ学生か。卒業後しばらくして学生時代から交際していた綾子と同棲し、彼女の妊娠を機に入籍した、と聞いていた。

和真を見ると、真剣な眼差しを宙の一点に注いでいるようだった。

「何を考えておられるんですか」美令は訊いた。

「父は、どうして嘘をつくんだろうと……一体、何を守りたいんだろうと……それを考えていました」

「あなたのお父さんは、何かを守っているんでしょうか」

「そうだと思うんです。何か、ではなく、誰か、ではないかとも」

「浅羽さんたち？」

「はい、おそらくそうだと……」さらに和真は続けた。「しかも命がけで」

「命がけ……」

和真は、はっとしたような顔をして首を横に振った。

「すみません。余計なことをいいました。特に根拠はありません。忘れてください」

急いで打ち消す様子が不自然だった。何か隠し事があるようだと気づいたが、彼の辛そうな表情を見ると、美令は何もいえなくなった。


家に帰ると、「遅かったわね」と綾子にいわれた。

「CA時代の友達から連絡があって、銀座の喫茶店で会ってた」

「あら、珍しいわね」

「どうして？　よくあることだけど」

「そういう友達と会う時には、飲みに行くでしょ？　喫茶店だけなんてことあった？」

いわれてみればその通りだった。安易な言い訳をしたことを悔いた。

「向こうが遠慮してくれたみたい。裁判を前にして、飲みに誘うのは無神経だろうって。あたしは平気だけど、今日のところはそのまま別れた」

「たまには気分転換してくれればよかったのに」

「飲んで陽気にはしゃげるわけじゃないでしょ。そういうのは、何もかも終わってからだと思ってる」そういうと美令は綾子に背を向け、自分の部屋に向かった。しゃべりすぎて墓穴を掘るようなことはまずい。綾子は案外勘が鋭いのだ。

二人きりでの夕食にはすっかり慣れた。今夜のメニューはホワイトシチューだ。さっきあんな会話を交わしたせいか、白ワインが飲みたくなった。

「この前、お父さんの遺品を整理してたよね。古いアルバムとかもあった？」

「アルバム？」

「お父さんが子供の頃とか、学生の頃の写真」

ああ、と綾子は頷いた。

「一冊だけあった。お父さんは独りっ子だったから、子供の頃の写真がわりとたくさん残ってた。ああいうものの扱いって、難しいわよね。いつまでも保管しておくわけにはいかないとわかってるんだけど、処分するのもどうかと思うでしょ？」

「それ、部屋に置いてあるの？」

「本棚の一番下に入れてるはずだけど」綾子が不思議そうな目を向けてきた。「アルバムなんか、どうするの？」

「見たいと思って。あたし、考えてみたら、お父さんの子供の頃のこととか全然知らない。あんまり話してくれなかったように思うし」

綾子は、ふっと唇を緩めた。

「話してくれても、あなたが聞こうとしなかっただけじゃないの？」

「そうかもしれないけど」美令は綾子を見た。「お母さんは、学生時代にお父さんと出会ったんだよね。その時、何歳だった？」

「大学四年になったばかりの頃だから、私は二十一歳。お父さんは浪人してたし、おまけに四月生まれだから二十三」

「四年生になってからなんだ」

「学部が違うから知り合う機会なんて、そもそもなかったわけ。ところが花見パーティなるものがあって、そこでたまたま知り合ったのよ。四月の半ばでね、桜なんか大方散っちゃってた。でも、元々目的がそれではないから、誰も文句をいわなかったわね」綾子は懐かしそうにいった。

「当時のお父さんは、どんな学生だった？」

「どんな、と訊かれても困るわね」綾子は首を傾げた。「第一印象は、頼もしそうで真面目、それに尽きるんじゃなかったかな。でも付き合ってみたら、それ以上だとわかっ

いるのかと。それで真面目に勉強しているのかと訊いたら、ちょっと違うといわれ

た」

「どういうこと？」

「とにかく勤勉で、おまけによく働くわけ。司法試験の合格を目指して懸命に勉強して

いる人は珍しくなかったけど、お父さんの場合、同時にアルバイトをすごくやってたの。

あんなに働きながら、よく身体を壊さないもんだと思った。だけど家の事情を聞いて、

納得した。あなたも知ってるでしょ、母子家庭だったこと」

「ずいぶん早くに父親が亡くなったってことは聞いた」

「中学生の時、交通事故でね。しかも加害者は無免許で、運転していたトラックは盗難

車だったの。加害者は刑務所に入ったけれど、賠償金なんか払ってくれるわけがない。

大黒柱を失ったというのに、泣き寝入りするしかなかった」

「そうなんだ。初めて聞いた」

「苦労話をするのは好きじゃないといってたからね。私には打ち明けてくれたけど」

自分は健介にとって特別な存在だった、といいたいらしい。

「幸いだったのは、住む所には困らなかったこと。あなたも覚えてるでしょ？　練馬に

あった小さな一軒家」

「覚えてる。目の前が畑だった」

子供の頃、何度か遊びに行った。その頃は祖母もまだ元気で、美味しい料理をたくさん作って迎えてくれた。

「大学を卒業してからも二年ぐらいは、お父さんはあの家でお祖母ちゃんと二人で暮らしてた。独り暮らしを始めたのは法律事務所で働くようになってからだから、お父さんは二十五か六だったんじゃないかな」

「その部屋にお母さんが押しかけて、住み着いたわけね」

綾子は眉をひそめた。

「住み着いただなんて、人聞きの悪い言い方をしないでくれる。私も部屋を借りてたんだけど、一緒に住んだほうが合理的だって話になったの。お父さんがいいだしたのよ」

それはどうだか、と思いながらも反論しないでおいた。

綾子から聞くかぎり、特に引っ掛かることはなかった。しかし問題は一九八四年、あるいはそれ以前だ。健介は二十二歳だったはずだから、綾子と出会うより一年前ということになる。

「お父さんの学生時代の友人って、誰か知ってる?」

「何人か、会ったことがある程度ね」

「今でも連絡を取れる人は？」

さあ、と綾子は首を捻った。

「スマホのアドレス帳にあるかもしれないけど、連絡を取ってたかどうかはわからない。最近、そういう話は聞かなかったから」

「じゃあ、後でアドレス帳を見せるから、知ってる名前があったら教えて」

健介のスマートフォンは証拠品として検察に預けたままだが、アドレスなどのデータはコピーされたものを受け取っているのだ。

「いいけど、どうする気？」

「まだわからない。でもお父さんのことを、もう少し知っておきたいの。せっかく被害者参加制度を使うのに、被害者である父親のことをよく知らないままだと、言葉に説得力がないような気がして」

「ふうん……わかった」綾子はあまり得心している様子ではなかったが頷いた。

食後、美令は健介の部屋に入った。書棚の一番下に古いアルバムが立てられていた。予想したよりも薄い。

開くと、いきなり裸の赤ん坊の写真が目に飛び込んできた。しかも白黒写真だ。布団に寝かされている。

さらにページをめくると、二人の男女と共に写っている写真が増えてきた。健介の両親だろう。祖母の顔なら美令も知っている。若かりし頃は美人だったのだなと思った。祖父は精悍《せいかん》な顔つきの男性で、体格もがっしりしている。商社マンで出張が多かった、と健介が話していたのを思い出した。

曾祖父母らしき二人の老男女と写っているものも何枚かあった。曾祖父は九州出身の人だったと何かの時に健介から聞いた覚えがある。上京して結婚したらしい。だが詳しいことはよく知らないと健介はいっていた。曾祖父も曾祖母も、彼が幼い頃にこの世を去っていたからだ。それぞれの顔を見比べてみて、祖父も健介も曾祖父似だったのだなと美令は気づいた。

健介の園児姿が見られるようになってから一人で写っているものが多くなったが、小学校の入学式の写真は親子三人で写っている。

美令がページをめくる手を止めたのは、一枚の写真が目に入った時だった。それまでと明らかに違う要素を持った写真だった。

健介と一緒に写っている老婦人は、美令の知らない人物だった。年齢は七十歳ぐらいだろうか。厚手のコートを羽織り、マフラーをしていた。冬だったのだろう。小学校の低学年と思われる健介はジャンパーを着て、野球帽を被っている。

二人の背後にあるものが、特に目を引いた。狸の置物がたくさん並んでいるのだ。陶製の二本足で立っている狸で、商店の入り口などでよく見かけるものだ。

どこだろうか、ここは。そして誰だろうか、この老婦人は――。

同様の写真がほかにもあるかと思ったが、老婦人が写っているものはなかった。それどころか、中学生らしき健介の写真が何枚か続いた後は、高校時代と大学時代の集合写真やスナップが何枚かあるだけで、法律事務所の写真まで飛んだ。

美令は綾子の話を思い出した。中学時代に父親が亡くなった後は、母子家庭でかなり苦労したということだった。アルバイトや勉強で忙しく、記念写真を撮りたくなるような楽しい状況は少なかったのかもしれない。

ページを戻した。例の老婦人と一緒に写っている写真がやはり気になった。

美令はアルバムを持って、一階に下りた。綾子はキッチンで洗い物をしている。

「お母さん、この人、誰だか知ってる？」アルバムを開き、写真を示した。

「その写真ねえ。この前、私も見たんだけど、全然心当たりがないの。年齢から考えると、お父さんのお祖父さんかお祖母さんの知り合いかもしれない」

「これ、場所はどこかな?」

「そりゃあ滋賀県じゃないの」

あっさりと答えた綾子の顔を美令は見返した。「滋賀県? どうして?」

「だってその狸の置物、信楽《しがらき》焼でしょ。信楽といったら滋賀県よ」そんなことも知らないのか、といわんばかりの口調だ。

「このお婆さんが滋賀県に住んでいて、お父さんはお祖父さんかお祖母さんに連れられて遊びに行ったってことかな」

「そうかもしれない。私は聞いたことがないけど」

美令はアルバムを抱え、自分の部屋に戻った。念のためにスマートフォンで信楽焼について調べてみると、綾子のいう通りだった。滋賀県甲賀市に信楽という町があるらしい。

これは関係なさそうだな、と思った。写真の健介は、どう見ても十歳にはなっていない。つまり五十年近くも前に撮られた写真だ。いくら何でも、そこまで昔に遡《さかのぼ》ることに意味はないだろう。

しかし何かが引っ掛かる。何だろうか。この写真を見ていると奇妙な違和感があるのだ。

じっと見つめているうちに、その正体に気づいた。健介が被っている帽子だ。アルファベットのCとDを組み合わせたマークは、中日ドラゴンズのものではないだろうか。

スマートフォンで調べ、間違いないことを確認した。つまり、この頃から健介はドラゴンズのファンだったわけだ。だがそのことが引っ掛かった。

美令はプロ野球には全く関心がない。しかし倉木の供述調書に記された、東京ドームでの健介との出会いの部分については熟読している。倉木によれば健介は、元々はアンチ巨人で巨人のV10を阻止したのが中日だったことからファンになった、といったらしい。

またしてもスマートフォンの出番だ。巨人のV10を中日が阻止――調べたところ、それは一九七四年の出来事だった。健介は十二歳だ。

倉木の嘘が、また一つ見つかったと思った。健介が中日ファンになった動機まで作り話だったのだ。

和真にも教えてあげようと思った。今日はお互いのメールアドレスを交換した。美令はアルバムの写真をスマートフォンで撮影すると、その画像を添付し、健介がV10阻止以前から中日ファンだったという証拠写真を発見した旨をメールで送信した。

間もなく電話がかかってきた。メールで返信するのがもどかしいほど驚いたのだろう、と美令は思った。

「はい、白石です」

「倉木です。メールを拝見しました」

「いかがでしょうか、あたしの指摘は？　的外れではないと思うんですけど」

「はい、それはそうだと思います。写真の男の子は、どう見ても十二歳には見えません」

「そうですよね。やっぱり倉木被告人は嘘をついています」

「同感ですが、僕が電話をかけたのは、別の理由からなんです」

「何でしょうか？」

「背景に狸の置物がたくさん写っていますね」

「はい。どうやら滋賀県に行った時の写真みたいです。信楽焼ですから」

「いえ、違うと思います。滋賀県ではないです。僕は、この場所を知っています」

「えっ、どこなんですか？」

「おそらくトコナメです」

「とこなめ？」

聞いたことがあるような気はするが、漢字が思い浮かばない。

「焼き物で有名な町です。愛知県にあります」和真が緊迫感に満ちた口調でいった。

あいちけん、という言葉が美令の脳内で反響した。

39

五代が中町と共に倉木和真のマンションを出ると、すでに周囲は暗くなっていた。来た時にはまだ明るかった。時計を見ると約一時間が経過している。その一時間で、五代たちは驚くべきことを聞かされた。しかもその内容は一つだけではなかった。

報告したいことがある、と倉木和真から連絡があったのは、今日の昼間だ。どういう用件かと尋ねると、「名古屋に行ってきました。例の法律事務所です。そこで聞いたことをお話ししたいと思いまして」と彼はいった。

聞き捨てならない話だった。夕方に伺いますといって電話を切った後、中町も誘ってみた。中町は、「同行します」と即答してきた。

「五代さん、どうします？」歩きながら中町が訊いてきた。「門前仲町の、いつもの店に移動しますか」

いやいや、と五代は顔の横で手を小さく横に振った。

「そのへんの店に入ろう。すぐにでも作戦会議をしたい。運転手を気にして、タクシーの中で黙っているのも辛いだろ？」

「おっしゃる通りです」

高円寺だから居酒屋などはいくらでもある。細い道路に面した民家を模した店があったので、暖簾《のれん》をくぐって入った。幸い混んでおらず、隅の四人掛けテーブルが空いていた。

メニューを見ると、『生ビールとおつまみセット』というのがあった。迷わずに、それを二人分注文した。

「さてと」おしぼりで手を拭きながら五代は口火を切った。「どれから片付ける？」

「俺たちに片付けられますかね」中町が苦笑し、肩をすくめた。「どれもこれも、なかなか厄介な代物ですよ」

「だからといって、上に報告できる段階じゃない。余計なことをするなと怒鳴られるだけだ。まずは名古屋の法律事務所の話からいこうか」

「倉木和真氏、自分で当たってみたんですね。五代さんにそそのかされたとはいえ、なかなかの行動派だ」

「それだけ必死だってことだろう。しかもその積極性に見合った成果を上げている」

倉木和真によれば、一昨年の六月に倉木達郎は『天野法律事務所』を訪ね、遺産を他人に贈与できるかどうかについて相談していたということだった。

「あれは、かなり大きな新事実ですよね。全く同じことを相談するために、わざわざ東京の弁護士に会いに行くわけがないですからね」

「では東京ドームで出会っただけの人物と再会しようとした理由は何か？」

女性店員が生ビールと料理を運んできた。『おつまみセット』の内容は、枝豆、げその天ぷら、奴《やっこ》豆腐だった。中町と乾杯した後、五代は枝豆に手を伸ばした。

「その東京ドームでの出会い自体を和真氏は疑っている様子でしたね」

「白石さんがどこから観戦チケットを入手したか、それを捜査陣は摑めていないんじゃないかって指摘は鋭かった」

「鋭かったというより、耳が痛かったです。実際、摑めてないですからね。もちろんその点が話題になったこともありますが、当日にダフ屋から買ったんじゃないかとか、知り合いから譲ってもらったんじゃないかとか、根拠のない想像を働かせただけで、結局これといった答えが見つからないまま、うやむやになっていました」

五代は低く唸った。

「白石美令さんの、抜歯した健介氏が球場でビールを飲むはずがないという説にも反論できないし、東京ドームでのエピソードについては、どうやら俺たちも本気で見直したほうがいいのかもしれん」

「極めつきが、あの写真です。白石健介さんの少年時代の写真」

五代は大きく頷いた。

「あれには驚いた。あんなものを見つけてくるとはな」

中日ドラゴンズの帽子を被った少年の写真だ。五十年近く前に撮影されたらしい。スマートフォンに保存してあるものを倉木和真が五代たちに見せてくれたのだ。

「あそこに写っている少年は、どう見ても六歳か七歳といったところです。中日が巨人のV10を阻止したのは一九七四年だから、白石さんは十二歳。倉木の供述とは、全く食い違っています。よくまあそんな矛盾に気づいたものです」

「しかも気づいたのは和真氏じゃなくて、白石美令さんだって話だ」

「そのことも意外でしたね。被害者の遺族と加害者の家族が協力して情報交換しているなんて、ふつうじゃちょっと考えられないですよ」中町は頭を左右にゆらゆらと揺らした。

「その通りだが、あの二人の場合は特殊なんだよ。共通の理由がある」

「何ですか、それは？」

「どちらも事件の真相に納得していないってことだ。もっと別の真実があり、それを突き止めたいと思っている。ところが警察は捜査を終えた気でいるし、検察や弁護士は裁判のことで頭がいっぱいだ。加害者側と被害者側、立場上は敵同士だが、目的は同じ。ならば手を組もうと思っても不思議じゃない」

「なるほどねえ……といいつつ、やっぱり納得はできないですね。俺には気持ちがわかりません」中町は奴豆腐を口に入れ、首を傾げた。「光と影、昼と夜、まるで白鳥とコウモリが一緒に空を飛ぼうって話だ」

「なかなかうまいことをいうじゃないか。まさにその通りだ。だけど本人たちだって、納得ずくというわけじゃないだろう。和真氏にしろ、白石さんとのやりとりについては話しにくそうにしていた。傍《はた》からは奇妙に見えるってことは十分にわかってるんだ」

それはともかく、と五代は話を継いだ。

「あっちの話も気になるな。少年時代の健介氏が謎の婆さんと写ってた場所だ。愛知県の常滑《とこなめ》市に間違いないと和真氏は断言していた。倉木達郎が一九八四年に起こした事件の舞台は愛知県岡崎市。どちらも愛知県だ。さて、これを単なる偶然といっていいものかどうか。和真氏は、白石さんも過去の事件に関与しているんじゃないかと考え始めている様子だった。美令さんも同意で、父親の経歴を遡って調べてみるといっていたそうだが」

「ぶっ飛んだ仮説ですよね。素人は考えることが大胆だ。でも、どうでしょう？　たしか愛知県は人口が全国で四位のはずです。白石健介さんの遠い親戚とかがたまたま住んでいたとしても、そんなに不思議な話ではないです」

「それはそうなんだが、たとえば白石さんが中日ドラゴンズのファンになった理由について、倉木が嘘をついたのが引っ掛かる。そんな嘘をつく必要があるか？　事件には全く関係のないことだ」五代は箸を置き、テーブルに肘をついた。「こう考えよう。倉木は白石さんとの出会いについては、すべて嘘をついているとする。じつはまるで違う出会い方をしたのだが、そのことを隠したい。そこで架空の出会いの場を考え、東京ドームを思いついた。実際に自分は東京ドームでの開幕戦に行っているからな。そして白石さんが中日ファンだってことも知っていた。しかし供述内容を考えているうちに、生まれも育ちも東京の白石さんが、内野席で、しかも一人で観戦するほどの中日ファンだという点が不自然に思えてきた。そうして思いついたのが、元はアンチ巨人だったという設定だ。Ｖ10を阻止したのが中日だったからファンになった。もっともらしい話じゃないか」

「ちょっと待ってください。本当に白石さんが中日ファンだったのなら、そうなった理由が存在するわけで、それを正直にいえばいいだけだと思うんですけど。知らないなら、知らないで済むわけだし」

「それだ」五代は中町の顔を指差した。「倉木は白石さんが中日ファンになった本当の理由を知っている。しかしそれは隠したほうがいいと考えた。なぜか。本当の理由は、中日ドラゴンズが、いや愛知県が白石さんにとって極めて馴染み深い土地だったから。そのことを警察に知られるのが嫌で倉木は嘘をついた――どうだ、この推理は？」

「馴染み深い土地……とは？」

「子供の頃から何度も訪れた土地、人生において何らかの影響を受けた場所だ。そしてそこで倉木と白石さんは出会った」

ビールを飲みかけていた中町が、ぐふっとむせた。胸を何度か叩き、息を整えてから五代を見た。

「二人が出会ったのは、そんな昔だと？」

「だとしたら、どうだろうと思ってな。今度の事件の様相が根本から変わってくる」

「変わってくるなんてもんじゃないですよ。お偉方に進言しなくていいんですか」

「そうしたいところだが、捜査のやり直しを提案するには、何かよっぽど決定的な証拠がないと無理だ。せめて倉木の供述を覆せるものが見つかってくれないとな」五代は奴豆腐に醬油を垂らした。「その後、裏付け捜査の進捗状況はどうなんだ？」

中町は顔を歪め、首を振った。

「はかばかしい、とはとてもいえませんね。相変わらず、物的証拠が見つかりません。

自白調書があるとはいえ、死刑を目指している検察としては、裁判員たちの迷いを取り去るためにも何かほしいようです。弁護人に、被告人は真実を隠している可能性がある、なんてことをいわれて、裁判員たちの心が乱れるのを恐れているようです」

「あれはどうなった、プリペイド携帯の件」

中町は下唇を出し、両方の手のひらを上に向けた。

「残念ながら空振りです。愛知県警にも協力してもらって大須の電気街で聞き込みをしたようですが、倉木に売ったと思われる人間は見つからなかったそうです」

「あの話、どうも引っ掛かるんだよな。前に和真氏に確認したところ、倉木は大須にはよく行っていたが、そんな胡散臭いものに手を出すとは思えないってことだった。やっぱり嘘じゃないかと思うんだが、そんな嘘をつく理由がわからない」

「こういう可能性はありませんか。倉木は誰か別の人間のケータイを借りていた。それを使って白石さんに連絡を取った。だけどその人間に迷惑をかけたくない、あるいはその人間の存在を明かしたくないので、プリペイド携帯を使ったと主張している」

「なるほど、あり得ない話ではない。自覚なき共犯者が存在したというわけか。それにしてもリスクが高いような気がするけどな。万一、白石さんの携帯電話を処分できなかったら、着信履歴から簡単にばれてしまう」

「それはそうですよねえ。――あれっ、ちょっと待てよ」中町は天ぷらに伸ばした手を止めた。

「どうした？」

「よく考えれば、自分のケータイから発信したっていう記録を残したくないだけなら、公衆電話を使えばいいんですよね。それなら白石さんのケータイを処分する必要もない」

五代は持っていたジョッキをテーブルに置き、じっと中町を見つめた。

「えっ、どうかしました？　俺、何かおかしなことをいいました？」

「少しもおかしくない。まともなことをいっている。その通りだ。公衆電話を使えば済む話だ。なぜそうしなかったのか？」

「白石さんに不審がられると思ったんじゃないですか。公衆電話って表示されますからね」

「だけどプリペイド携帯で連絡したのは、犯行当日が初めてだったんだろ？　知らない番号が表示されて、白石さんが怪しむことは考えなかったのか？」

「公衆電話と知らない番号……どっちも不審といえば不審ですね」

「なぜ倉木はプリペイド携帯なんかを使ったのか。いや、その話自体が嘘か本当かもわからないんだった……」

「ぶっ壊して三河湾に捨てたっていうんですから、どうしようもないですよね。その点、公衆電話は持ち去れないし、壊すわけにもいかない。最近は使う人が少ないから指紋が残ってる可能性もあるし、警察としては、公衆電話のほうがありがたかったです」

中町が何気なく発した一言が五代の脳にある何かを刺激した。左の拳を額に当て、じっと考え込んだ。

やがて暗闇に光が射すように浮かび上がってくるものがあった。それは次第にはっきりとした形になった。これまで全く出なかった発想、思いがけない、しかし確信に近い推理が瞬く間に構築された。

がん、と拳をテーブルに打ち下ろした。「しまった……」

中町が驚いたように身を引いた。「どうしたんですか？」

「俺はとんでもないヘマをやらかしたのかもしれない」

「ヘマ？　何のことですか」

「大至急、調べてほしいことがある。君ひとりでは無理だろうから、俺が君の上司に説明してもいい。俺もうちの係長に相談してみる。勝手なことをしていたと責められるだろうが、そんなことは気にしちゃいられない。もし俺の想像が当たっていたなら」五代は深呼吸を一つしてから続けた。「とんでもない事実が出てきて、完全に事件がひっくり返る」

40

目的のビルは日本橋から徒歩で数分のところにあった。昭和を想起させるレトロモダンなデザインだが、公式サイトによれば建てられたのは最近らしい。

ぴんと背筋を伸ばし、美令は正面玄関から入っていった。広々としたエントランスホールの奥にエレベータが並んでいる。それぞれ止まる階が違うようだ。美令は十五階に止まる箱を選んで乗った。同乗者はいなかった。階数ボタンにタッチしてから右手で胸を押さえた。ほんの少し緊張している。

十五階に到着した。すぐ正面にガラスドアがあった。そこをくぐると右に受付カウンターがあり、制服姿の女性がいた。いらっしゃいませ、と笑顔を向けてくる。

「白石といいます。浜口《はまぐち》常務とお約束させていただいております」

「少々お待ちください」女性は受話器を取り、二言三言話した後、受話器を戻した。

「御案内いたします。こちらへどうぞ」

案内された部屋は広く、高級感と清潔感があった。大理石のテーブルを挟むようにソファが配置されている。十人程度が席につけるようだ。どこに座っていいかわからないので、ドアに一番近いソファに腰を下ろした。

健介のスマートフォンのアドレス帳に登録されていた名前を綾子に見せたところ、健介の学生時代の友人だと思われる名前を五つ指し示した。その中でも、「たぶん特に付き合いが深かったと思う」といって綾子が挙げたのが、『浜口徹《とおる》』という名前だ。

「私は二、三度しか会ったことないけど、お父さんが学生時代の話をする時、一番よく名前が出たのがこの人だと思う。一緒にスキーに行ったことがあるようなこともいってた気がする」

現在は何をしている人かと訊いたが、わからないと綾子は答えた。

「だけど法曹界には進んでないいんじゃないかしら。浜口はふつうの会社に就職した、とお父さんがいったような気がするから。最近はあまり名前を聞かなかったから、疎遠になっていたかもしれないわね」

しかし美令は、この人に連絡してみようと思った。綾子が挙げた五人のうち、浜口徹だけはメールアドレスも登録されていたからだ。会うことはなくても、メールのやりとりぐらいはしていたかもしれない。

早速メールを送ることにした。まずは自己紹介をし、突然メールを送る非礼を詫びた。そして健介が事件に巻き込まれて命を落としたことを打ち明け、今は公判に備えて、生前の健介についていろいろと調べている最中だと説明した。今回連絡を取らせてもらうことにしたのは、健介の若かりし頃についてよく知っている人の話を聞きたいと思ったからで、ほんの短時間でもいいから会っていただけるとありがたいと記した。

メールを送信して一時間足らずで返信が届いたので驚いた。しかも浜口は健介の死を知っていた。『法曹界にいる友人から連絡があり、知りました。密葬にふされたらしいと聞き、事件が解決していなかったこともあり、こちらから御連絡することは控えておりました。』とあった。

ここ十年近くは会っていなかったが、メールなどでは連絡を取り合っていたし、学生時代の思い出話程度ならいつでも披露できるので、遠慮なく会いに来てほしいとあり、最後に勤務先が記されていた。有名な生命保険会社で、肩書きは取締役常務執行役員だった。

それから改めてメールで、日時と場所を決めた。会社に来てもらえれば一番ありがたいとのことだったので、本日、こうして来社したというわけだ。

かちりと小さな金属音が背後から聞こえた。美令が振り返るとドアがゆっくりと開き、頭頂部が少し薄くなった男性が穏やかな笑みを浮かべて入ってきた。美令はあわてて立ち上がった。

「いや、そのままそのまま。どうぞお楽になさってください」

そういいながら男性は一枚の名刺を出してきた。美令は両手で受け取った後、自分の名刺を渡した。

「このたびは無理なお願いをして申し訳ございませんでした」

「いえ、気になさらず。ほう、『メディニクス・ジャパン』ですか」美令の名刺を見て、浜口はいった。「私の知り合いにも会員が何人かいますよ。今は会社の関連施設で検診を受けていますが、引退したら入会させてもらおうかな」

「それは是非。よろしくお願いいたします」

男性は微笑《ほほえ》んで頷き、美令と向き合う位置のソファに移動した。小柄だが姿勢がいいので、落ち着いた貫禄を感じさせる。

浜口が腰を下ろしたので、美令も座った。

「あなたのことは写真で見ています」浜口がいった。「お生まれになったばかりの頃です。白石君がくれた年賀状に写真が印刷されていました。ずいぶん急いで結婚したんだなあと思っていたのですが、それで得心しました。まさか新婦がおめでただったとはね。私も結婚式に出席したのですが、全く気づかなかった。やられましたよ」懐かしそうに目を細めた。

「このところ父とは会っておられなかったのですか」

「時々、メールでやりとりはしていて、そのうちに会おうなんて書いていたのですが、なかなか機会がなくてね。会えばきっと、昔のように語らえたと思うのですが」浜口は口元を緩めながらも寂しげな目でいった。

ドアをノックする音がして、失礼します、と女性が入ってきた。美令たちの前に湯飲み茶碗を置き、出ていった。

「どうぞ、冷めないうちに」

浜口に勧められたので、いただきます、といって茶碗に手を伸ばした。

「事件のことを聞いて、本当に驚きました」茶を啜ってから浜口が険しい顔つきになっていった。「報道されていることがどの程度事実なのかはわかりませんが、恨みなどから殺されたわけではないんでしょう?」

「犯人の供述によればそうです。うっかり父に話してしまった過去の秘密を守りたかったから、ということのようです」

浜口は眉根を寄せ、首を振った。「理不尽極まりない話だ」

「それでメールでもお願いしたのですが、父の若かりし頃のお話を聞かせていただきたいと思いまして……」

「いいですよ。どんなことをお話しすればいいですか」

「何でも結構です。父について印象に残っていることなどがあれば」

「印象、ですか」浜口は茶碗を置き、足を組んだ。「ひと言でいえば、バイタリティーの塊でしたね。勉強するとなったら、とことんやる。徹夜だって平気で、そのまま講義に出ても居眠りなんてしない。勉強していない時は、とにかく動き回っていました。アルバイトをしたり、司法試験に向けての情報収集をしたりね。私が法曹界に進むのを諦めたのも、白石君の存在が大きかった。あそこまでやらなきゃいけないのなら、自分には到底無理だと思いました」

浜口の話はお世辞には聞こえず、綾子から聞いた内容と一致していた。

「趣味や娯楽なんかはなかったんでしょうか」

うーん、と浜口は首を傾げた。

「彼は何が好きだったかなあ。読書や映画には人並みに興味があったようですが、特にマニアというわけではなかったと思います。時間を無駄にするのが嫌だとよくいってましたね。当時、家庭用ゲーム機が大ブームでしたが、見向きもしなかった」

「じゃあ、大学が休みの時も主に勉強とバイトですか。息抜きはしなかったんでしょうか」

「強いていえば旅行かな。冬、一緒にスキーに行ったことがあります。といっても、格安のバスツアーですがね。十時間近くもバスに揺られて、朝に到着したら、すぐに着替えて滑りだす。若いからできたことですね」浜口は昔を思い出す目になっていた。

「愛知県に行った、という話は聞いたことがないですか」

「愛知県……ですか」浜口の目が丸くなった。唐突な質問だったのかもしれない。

「常滑市という場所です。焼き物で有名な町らしいんですけど」

とこなめ、と浜口は呟いた。「それは旅行で、という意味ですか」

「わかりません。じつは父がその土地と縁があったと思わせる写真が見つかったのです。でも、そんな話を生前に聞いたことがなかったので、一体どういうことなのだろうと不思議に思っているんです」

なるほど、と浜口は頷いた。

「常滑という町に行くのが目的だったかどうかはさだかではないのですが、白石君が時々名古屋行きの高速バスに乗っていたのは覚えています」

美令は瞬きした。「本当ですか？」

「間違いありません。当時、私はアパートで下宿をしていたのですが、白石君が名古屋に行くたびに、私の部屋に泊まったことにしてほしいと彼から頼まれたんです。どうやら向こうで一泊していたようで、そのことをお母さんに知られたくなかったみたいです。東京に戻ってきたら、いつも土産をくれました。『うなぎパイ』が多かったですね」

「父は母親には内緒で行っていたということでしょうか」

「そうだったようです。名古屋に彼女でもいるのかと訊いたことがあるんですが、そんなんじゃなくて、死んだ親父の代わりに時々様子を見に行かなきゃいけない人がいるんだといってました。昔、親父さんが世話になった人なのかなと想像していたんですが、白石君に確認したわけではないです」

あの写真の老婦人だ、と美令は確信した。

「それについて、ほかに何か覚えていることはありませんか。どんな些細なことでも結構です」

「ほかに……ですか。何かあったかな」浜口は腕を組み、首を捻った。

「在学中、父はずっと行き来していたようでしたか」

「いや、そのうちに行かなくなったと記憶しています。――ああ、そうだ。思い出した」浜口は自分の膝を叩いて頷いた。「あれは三年の秋だったかな、ちょっとからかったら、白石君が怒りだしたんです」

「からかった？」

「彼は一か月か二か月に一度ぐらいの割合で名古屋に行っていました。ところがしばらく間が空いたので、どうしたんだと訊いたら、もう行かなくてもよくなったというんです。その言い方がやけに歯切れが悪かったので、やっぱり向こうに恋人がいて、その女性にふられたんじゃないかといってみたわけです。そうしたらやけに怖い顔をして、そんなんじゃない、つまらないことをいうなって怒鳴られましてね、あまりの剣幕に戸惑いました」

「そんなことが……」

「以後、その話が二人の間で出ることはありませんでした。私も、ついさっきまで、すっかり忘れていました」

美令は綾子の話を思い出した。健介と出会ったのは四年になったばかりの四月だったようだ。浜口の話によれば、その頃はもう健介は名古屋通いをしなくなっていたらしい。だから綾子が知らないのも当然なのだ。

「いかがでしょうか。こんな話が何かのお役に立てましたか」浜口が訊いてきた。

「大変参考になりました。お忙しいところ、すみませんでした」

「また何か気になることでもあれば連絡をください。知っている範囲でお答えいたします」

「ありがとうございます」

「女性に年齢を尋ねるのは失礼だと承知していますが、おいくつになられましたか」

「あたしですか？　二十七ですけど」

「そうですか。それなら、御存じないこともたくさんあるでしょうね」

何のことをいっているのかわからず、美令は首を傾げた。

「父親についてです。若い頃は父親の過去になど全く関心がなく、死んでしまってから、遺品を整理している時などに意外な事実を知ったりするものです。かくいう私なんぞは、三年前に父が亡くなったのですが、祖父の戸籍を見つけて、初めて父に妹がいたことを知りました。子供の頃に亡くなったらしいのですが、そんな話、父の口から一度も聞いたことがなかったんです。祖父や父の戸籍謄本を見ることなんて、この先一生なかったでしょうから、ずっと知らないままだった可能性が高い」

「戸籍……」

「どうかされましたか？」

「いえ、何でも。今日は意外なお話を聞けてよかったです」

「犯人は逮捕されたようですが、裁判やら何やら、これからまだいろいろと大変でしょう。どうかお身体を大切に。何かお力になれることがあれば遠慮なくいってください」

ありがとうございます、と美令は深々と頭を下げた。

41

予想した通り、『天野法律事務所』で聞いてきた話を和真がしても堀部の反応は鈍かった。むしろ、また勝手にそんなことをしたのか、とばかりに仏頂面だ。

「あなたのおっしゃってることはわかります。たしかに不自然です。だけど、そこはもういいんじゃないでしょうか」

「そこ、とは？」

「白石さんと出会った経緯とか、どんなやりとりがあったか、とかです。昔の犯行について白石さんに話してしまった。それを暴露されるのではないかと恐れ、無我夢中で殺してしまった。その事実には変わりがないのであれば、ほかのことはさほど重要ではありません。公判に関係のない部分をつつき回したところで、いいことなんか何もないんです。こういっては何ですが、自白したからといって、被告人がすべての真実を述べたとはかぎりません。いや、述べてないケースが殆どといっていい。罪は認めていても、自分に都合よく脚色したり、肝心なところをぼかしてるなんてことはごくふつうなんです。少しも珍しくありません」物わかりの悪い生徒にいい聞かせる教師のような口調で堀部はいった。だが物わかりが悪いどころか、和真が想定していた回答そのままだった。白石健介の野球観戦チケットの入手経路が不明なことや、中日による巨人のV10阻止以前に健介少年が中日ファンだったことは、ここで話すのはやめようと和真は思った。そんなことをしても無駄だ。

だがこの弁護士にだけは話しておかねばならないことがあった。

「じつは見ていただきたいものがあるんです」和真は傍らに置いたバッグを膝に置いた。

「何でしょうか」

これです、といって和真は封筒を差し出した。

封筒を手にし、堀部は不審げに眉をひそめた。

「『豊田中央大学病院』……化学療法科の富永《とみなが》という方が差出人になっていますね」

「どうぞ、中のものを読んでください」

「しかしこれは達郎さんへの私文書でしょう？　本人に無断で読むことは許されません」

「息子の僕が構わないといってるんです」

「本来は子供でも法律違反です。信書開封罪を御存じですか？　正当な理由がないのに封をしてある信書を開けた者は、一年以下の懲役又は二十万円以下の罰金に処する――」

和真は首を振り、苛立ちを示した。

「建前なんかはどうでもいいです。忙しいはずの病院の医師が、わざわざ何かを送ってくるなんて、余程の事情があると考えるべきです。緊急時なら、その信書開封罪とやらも適用されないのではありませんか？」

「それはケース・バイ・ケースですが、そこまでおっしゃるのなら」堀部はため息をつくと、ようやく封筒を開き、折り畳まれた書類を取り出した。

文書を読む堀部を和真は見つめた。冷めた表情だった弁護士の顔が、少し強張るのを認めた。

堀部が顔を上げた。「達郎さんは大腸がんを？」

「八年前に手術を受けました。ステージは3でした」

「それが再発を？」

「どうやらそうらしいです。僕は全然知りませんでした」

文書の内容は、抗がん剤治療をどこの病院で受けることにしたか教えてほしい、と問い合わせるものだった。何のことかさっぱりわからず、和真は差出人である富永という医師に連絡をしてみた。その結果、意外なことが判明した。

達郎は定期的に検査を受けていたが、約一年前、再発が確認された。複数のリンパ節に転移していたのだ。そこで達郎は放射線治療を受けた後、薬物による療法を始めたらしい。それを担当しているのが富永だった。

薬物には一定の効果がみられたが、副作用も小さくなかった。倦怠感が強く、吐き気なども慢性的にあったようだ。そこで薬をいろいろと変えて試していたのだが、ある時、治療を一時中断したいという申し出が達郎のほうからあった。引っ越すことになり、ほかの病院での治療を検討しているからだ、と達郎は説明したらしい。

だったら病院が決まったら教えてほしい、と富永はいった。ところがそれ以後、連絡が来なくなった。電話も繋がらず、仕方なく問い合わせる文書を郵送したという。

富永は事件について何も知らない様子だった。和真は迷ったが、詳しくは話さず、達郎は刑事事件を起こして勾留中であることだけをいった。

「では、現在治療は行われていないのですか」富永は驚きながらも尋ねてきた。

「そのはずです。何しろ、息子である私にさえ隠していたんですから」

「だったら、すぐにでも本人と相談し、しかるべき治療を受けさせるべきです。今日明日、どうにかなるものではありませんが、放置しておいていいものでは決してありません」富永の口調には切迫感があった。

この事実を和真は美令や五代たちには話していなかった。同情を誘っているように思われたくなかったからだが、堀部に話さないわけにはいかなかった。

富永とのやりとりを説明した後、先生、と和真は改めて弁護士の顔を見つめた。

「父の考えを確認していただけませんか。一体どういうつもりなのか。癌が再発したことや抗がん剤治療のことをなぜ隠していたのか。そしてこれからどうするつもりなのか」

わかりました、と堀部は頷いた。

「それは絶対に必要ですね。明日にでも拘置所に行って、本人の意思を確かめてみます」

「よろしくお願いします」

もしかすると、といって堀部は金縁眼鏡に手をかけた。

「達郎さんは、自分はもう助からないと思っておられるのかもしれませんね」

「じつは僕もそう思っているのですが、先生がそんなふうにお考えになる理由は何ですか」

「無論、そのほうが筋が通るからです」

「筋？」

「癌の再発転移を知り、寿命を悟ったからこそ、達郎さんは過去の罪について本当のことを白石さんに話そうとした。もしかすると相手は誰でもよかったのかもしれない。白石さんを選んだのは、弁護士で信頼できそうだったから。——そう、それだ」堀部は名案が思いついたとばかりに人差し指を立てた。「達郎さんにとって遺産をどうするかというのは、遠い先の話ではなかった。それどころか喫緊の課題だった。名古屋の法律事務所で相談したのだから、他人への譲渡については理解している。問題は、それを無事に完遂できるかどうか。そこで白石さんに白羽の矢が立った。自分が死んだ後は、浅羽さんたちに遺産が渡るよううまく差配してほしい、と頼んだ。ところが白石さんは思いがけない提案をしてきた。そこまで詫びる気があるのなら、命のあるうちに真実を打ち明けたらどうか。達郎さんはあわてた。残り少ない時間を浅羽さんたちと楽しく過ごしたいと思っていたのに、その人生最後の楽しみを取り上げられるのでは、と恐れた。混乱のあまり、白石さん殺害という常軌を逸した行為に走ってしまった——」一気にまくしたてた後、いかがでしょうか、と堀部は訊いてきた。

「すごいですね」和真はいった。「この短時間で、よくそれだけのストーリーを構築できるものだと思います」皮肉でも嫌みでもなく、素直に感心していた。

「一応、プロですからね。今の筋書きなら、犯行に至った心境に裁判員たちも多少は同情してくれると思うのですが、どうでしょうか」

「そうですね。量刑を軽減するという意味では、いい考えなのかもしれません」

和真の言い方が気に入らなかったのか、堀部は訝《いぶか》しげな目をした。「どういうことでしょうか」

「父は死を覚悟しているのだろう、という先生の想像には僕も同意します。でもそこから先は全く違います。僕の考えはこうです。父は残り少なくなった自分の命をかけて何かを、あるいは誰かを守ろうとしている。そのためには手段を選ばない。あの供述は嘘です。何か重大なことを隠しています。もしかしたら白石さんを殺害したということさえ嘘ではないか、いや、きっと嘘に違いないと僕は確信しています」

堀部は弱り切った顔になった。

「今から事実関係を覆そうというのですか？　和真さん、それはいくら何でも……」

「先生の同意を得られないことはわかっています。本人が供述を翻さないかぎり、無理な話ですよね。だからとにかく、病気について父に尋ねてください。すべてはそれからだと思いますので」

わかりました、と堀部は答えた。面倒臭い被告人家族だ、と顔に書いてあった。

堀部の事務所を出て、新宿駅に向かいかけた時、スマートフォンに着信があった。表示を見て、どきりとした。白石美令からだった。歩道の脇に寄り、電話に出た。

「はい、倉木です」

「白石です。今、よろしいでしょうか」

「大丈夫です。何かありましたか？」

「至急、会ってお話ししたいことがございます。お時間をいただけないでしょうか」

彼女の言葉を聞き、スマートフォンを握る手に力が入った。

「僕はいつでも結構です。今からでも」

「そうですか。倉木さんは、今どちらにいらっしゃいますか」

「新宿です」

「あたしは今、上野のあたりにおります。では、そちらに行きましょうか」

「いや、そういうことなら前回と同じ銀座の喫茶店にしましょう。あそこなら落ち着いて話せるし」和真は腕時計を見た。間もなく四時半になろうとしている。「五時には行けると思います」

「かしこまりました。あたしもこれから向かいます」

ではは後ほど、といって和真は電話を切った。いつの間にか鼓動が速くなっている。白石美令の用件が気になるからか、単に彼女の声を聞けたからなのか、自分でもわからなかった。はっきりしているのは、被害者の遺族に会うというのに少しも気が重くなっていないことだ。

地下鉄で銀座まで移動し、いつもの店に着いた時にはちょうど午後五時だった。二階の喫茶スペースに行くと、すでに白石美令の姿が窓際の席にあった。

「お待たせしました」

「いいえ、突然ごめんなさい」

ウェイトレスが水を運んできた。前回と同様、白石美令はカフェラテを注文した。何となく同じものを飲みたくなり、和真もそれを頼んだ。

「それでお話というのは?」

「はい、じつはお願いしたいことがあるんです」白石美令は真剣な目を向けてきた。「何でしょうか。僕にできることであれば、何でもお手伝いさせていただきますが」

「そういっていただけるとありがたいです。お願いしたいこととはほかでもありません。あたしと一緒に、ある場所に行っていただきたいのです」

「ある場所? どこですか」

それは、といってから白石美令は息を整えるように胸を小さく上下させた。

「常滑です。愛知県常滑市の、あの写真の場所に連れていっていただきたいんです」

42

管理官と理事官に続いて会議室に入ってきた人物を見て、五代の内側で気合いが膨らんだ。捜査一課長までが同席するとは予想していなかった。室内の空気全体が、ぴりっと引き締まったようだ。全員が立ち上がり、頭を下げる。

小柄だが胸板の厚い課長が、ゆったりとした動作で席につくのを見届けてから、皆も着席した。ただ一人立ったままだった係長の桜川《さくらかわ》が、三人の上役たちのほうを向いた。

「では、始めてよろしいでしょうか」

彫りの深い顔に縁なし眼鏡をかけた管理官が、意見を伺うように課長と理事官の横顔を見た。課長が小さく頷く。管理官は、始めてくれ、と桜川にいった。

「はい。ただ、非常に細かい内容に触れる必要もございます。現場担当者から説明させますが、何か問題はございますか」

課長と理事官は黙っている。管理官が、それでいい、といった。

「恐縮です」

桜川が五代に目配せしてきた。

五代は立ち上がり、課長たちに自己紹介をしてから会議机に置かれた液晶モニターの横に移動した。ほかの同席者は筒井たち主任クラス以上の者だ。彼等はすでにある程度の事情を了解している。誰の顔にも緊迫感が漂っていた。

「昨年秋に発生した『港区海岸弁護士殺害及び死体遺棄事件』に関して、重大な新事実が判明しましたので、御報告いたします。すでに犯人として愛知県在住の倉木達郎が起訴されていますが、その自供内容には不自然な点が多く、それらを確認する中で見つかったことです。倉木は昨年十月三十一日の午後七時より少し前、被害者白石健介さんを清洲橋近くに呼びだして殺害したと供述していますが、その際、二年以上前に愛知県大須の電気街で見知らぬ人物から購入したプリペイド携帯電話を使ったといっています。電話機は犯行後、破壊して海に投棄したとのことです。犯行の計画性を裏付ける証拠として、この電話機の存在を確認してほしいとの要望が検察官より出されておりましたが、残念ながら叶いませんでした。しかしながら、入手経路をはじめ、プリペイド携帯電話に関する供述自体が不自然だと考え、別の手段——たとえば公衆電話によって被害者を呼びだしたのではないかとの疑いから、所轄警察署と協同し、清洲橋の周辺にある公衆電話近くの防犯カメラを確認することにいたしました」

質問、といって理事官が手を挙げた。

「犯行を全面自供しているのに、その点について被告人が嘘をつく理由は？」

五代は桜川を見た。この時点で答えるべきかどうか、判断がつかなかった。

「そのことは、後ほど説明させます」

桜川の回答に理事官は黙って頷いた。

五代はパソコンのキーボードを操作した。液晶モニターに表示されたのは、清洲橋付近の地図だ。

「清洲橋の半径四百メートル内には、公衆電話が四台ございます。いずれも近辺に防犯カメラが設置されており、利用者をある程度判別できる状態です。事件当日の映像を確認したところ、該当時間帯に公衆電話を利用したと思われる人間は、ただ一人でした。場所は江東区清澄《きよすみ》二丁目、この位置にある公衆電話です」五代は地図上の一点を指した後、さらにキーボードを操作した。画面が防犯カメラの映像に切り替わった。

映っているのは酒屋だ。その入り口の横に公衆電話がある。

画面の左下に記された数字は、撮影された日時が昨年十月三十一日の午後六時四十分頃であることを示している。

左側から一人の人物が現れた。人目を気にするように周辺を見回した後、電話機に近づいていく。ポケットから財布を取り出すようなしぐさをしているのは、テレホンカードを使うためだろう。

受話器を取り、ボタンを押している。間もなく電話は繋がったようだ。時折きょろきょろと周りに視線を配りながら会話を続け、やがて受話器を置いた。テレホンカードを回収し、再び左側に消えていく。人物の登場から退場までの間に約二分が経過していた。

五代はキーを押し、映像を止めた。

「御覧になっていただく映像は、これがすべてです」

「その人物の身元は判明しているのか」理事官が訊いた。

「判明しています」五代は答えた。「参考人として事情聴取した人物の身内でした。ただし当人に直接当たった捜査員はおりません」

「被告人との関係は？」

「直接にはありません。しかし、被告人が犯行動機として供述している内容に、極めて深い繋がりのある人物です」

捜査一課長が理事官の耳元で何やら小声で囁《ささや》いた。理事官は頷き、今度は反対隣の管理官と話し始めた。何を相談しているのかわからず、五代は居心地が悪かった。

管理官が五代のほうを向いた。

「先程の理事官からの質問に対する説明は、いつ聞かせてもらえる？」

五代は桜川を見た。係長は小さく顎を引いた。

「御説明します。倉木被告人は、この公衆電話の人物の存在を隠したくて、プリペイド携帯電話を使ったと嘘の供述をしたのではないかと考えています」

「つまり被害者を呼びだしたのは被告人ではなく、今の映像の人物だったと？」

理事官の質問に、そうです、と五代は答えた。

「映像の人物は被告人の共犯ということか？」

この質問に答えるのを五代は一瞬躊躇った。桜川を見ると、係長は苦しげに唇を曲げている。

迷っている場合ではない。事実は曲げられないのだ。

「そうではないと思います」五代は上役たちに答えた。「単に被害者を呼びだすだけなら、わざわざ清洲橋の近くの公衆電話を使用する必要がありません。映像の人物の住まいは、遠く離れたところにあります。共犯ではなく主犯、この人物こそが白石健介さんを殺害した真犯人であり、倉木被告人はそのことを知っていて、この人物を守るために自分が身代わりになったものと思われます」

衝撃的な発言だが、捜査一課長や理事官たちに驚きの表情はない。すでに起訴に至っている事件について真犯人が別に存在する可能性が出てきた、という話は事前に彼等の耳に入っているはずで、だからこそ課長までもが同席することにしたのだろう。

だがもちろんこんな報告を聞かされて愉快なわけがなく、三人の上役たちは苦々しそうな面持ちで何やら話し合っている。課長は口数が少なく、時々小さく頷くだけだ。

桜川君、と管理官が呼びかけた。「公衆電話の人物が逃走するおそれは？」

「今のところ、それはないと思われます。当人は自分が疑われていることなど、つゆほども考えていないでしょう」

「真犯人だと証明する手立てはあるのか？　現場近くの公衆電話を使ったというだけでは、状況証拠にすらならんぞ」管理官は、すでに桜川から詳しいことを聞いているはずだが、こうして質問するのは、課長や理事官に説明させるためだろう。

「まず本人に、プライバシーを守ることを保証した上で、あの日に電話をかけた相手を問い質します」桜川が答えた。「犯人でないのなら答えられるはずです。また、DNA鑑定の同意を求めます。被害者の衣類から当人以外のDNAがいくつか見つかっているので、照合作業を進めます。あとそれから、位置情報の記録を調べます。公衆電話を使っていますが、おそらくスマートフォンを所有しており、犯行当日も所持していた可能性が高いと思われます」

係長の答えを聞き、管理官は理事官と課長に目を向けた。二人は黙って頷いた。

「では、早速当たってくれ。検察への対応については、こちらで考える」

管理官の指示に、わかりました、と桜川は答えた。

捜査一課長が立ち上がり、理事官と管理官がそれに続いた。三人が会議室から出ていくのを見届け、五代はパイプ椅子に腰を下ろした。腋の下が汗びっしょりだ。

「五代、御苦労だった」桜川がいった。「この際だ。映像の重要参考人には、おまえが当たれ。任意出頭させる場合は、所轄の署じゃなく、ここに連れてこい。本庁で取り調べる。本人に会ったことはあるのか？」

「ありません。写真を見ただけです。しかも昔の写真です」

「住まいはわかってるんだな？」

「わかっています。渋谷区松濤《しょうとう》です」

「高級住宅街か。なるべく穏やかに事に当たれ。近所に気づかれるなよ」

「了解です」

桜川は大きなため息をつき、部屋から出ていった。

後ろから肩をぽんと叩かれ、五代は振り向いた。

「えらいことになったな」そういって筒井が肩をすくめた。

「俺のミスです」

「そうなのか？」

「倉木を取り調べている時に口走っちゃったんです。東京はいたるところに防犯カメラが設置されている、特に公衆電話の周辺には必ずあるから、犯人が公衆電話を使ったとわかれば、警察はそれらの映像を徹底的に解析するって。それを聞いて、倉木はこのままではまずいと思ったんでしょう。真犯人が公衆電話を使ったことを知っていたからです。やむなく倉木が選んだのが、自分が身代わりになるという道です。奴が犯行を自白した時の様子を俺は今も覚えています。突然あっさりと、すべてを話し始めました。公衆電話ではなく、プリペイド携帯を使ったと供述したのも同じ理由です。警察の捜査にストップをかけるには、ほかに手段がないと観念したんでしょう」

あの日のことを思い出しながら語り、「俺がヘマをしたんです」と五代は続けた。

「そうとばかりはいえねえぞ。ほかの犯罪ならともかく殺人事件だ。裁判で死刑になるかもしれない。そんな罪を他人の代わりに被る人間がいるなんて、ふつうは思わないよ」

「そうです。問題は、なぜ倉木はそこまでするのかということです」五代は液晶モニターに目を向け、キーボードを操作して映像を戻した。ある人物が横顔を見せている。その人物の写真を見たのは、浅羽母娘の部屋に行った時だ。小学生時代の姿が写っていた。あの時は名前を訊かなかったが、今は知っている。

少年の名前は安西知希《ともき》、父親の安西弘毅《ひろき》によれば、中学二年生ということだった。

43

名古屋駅のホームに出た瞬間、和真は冷たいはずの空気を心地よく感じた。頬が紅潮しているからだ。新幹線『のぞみ号』の中では、ずっと緊張し続けていた。自分たちを待ち受けているものが何なのかがわからないことによる不安と恐れ、しかしついには真相に近づけるのかもしれないという期待が、血流と共に全身を駆け巡っていたからに違いないが、すぐ隣に白石美令が座っている影響も小さくないはずだった。まさか彼女と旅に出ることになるとは、少し前までは想像さえしていなかった。

「ここからは私鉄なのですね」白石美令が尋ねてきた。

「そうです。名鉄の名古屋駅まで徒歩で移動します。でもすぐ近くです」

名古屋駅の構内は広い。大勢の人々が行き交う中、和真は白石美令が自分を見失わないかと時折背後を気にしながら進んだ。

間もなく名鉄名古屋駅の改札口に到着した。「乗車券を買ってきます」と和真がいうと、白石美令も切符売り場までついてきた。

二人分の乗車券を買い求めたところ、当然のことながら彼女は料金を尋ねてきた。支払ってもらう理由がないといわれたら返す言葉がないので、和真は正直に答えた。そして彼女が出してきた金銭を受け取るしかなかった。

改札口をくぐって四番線のホームに立ち、中部国際空港行きの特急列車を待った。乗れば、約三十分で常滑駅に到着する。

銀座の喫茶店で、あの写真の場所に連れていってほしい、と白石美令から頼まれたのは二日前だ。その理由を聞き、和真は驚いた。写真の老婦人の正体がわかった、白石健介の祖母だった、というのだ。

「じつは父や祖父の戸籍を調べてみたんです。手続きは少々面倒ですけど、郵送ですべて済ませられました。そこでわかったのは、祖父は曽祖父の連れ子だったということです」

「ええと、ちょっと待ってください。あなたのお祖父さんということは、健介さんのお父さんですね。その人が連れ子だった？」

彼女から聞いたことを頭で整理しながら復唱したが、あまりにも離れた世代の話に、和真は今ひとつぴんとこなかった。

「曽祖父は離婚経験があったんです。あたしが曽祖母だと思っていた人は、再婚相手でした。祖父は、別れた元の奥さんとの間にできた子供だったんです」

「その元の奥さんというのが……」

「あの写真の老婦人だと思います。戸籍によれば本籍地は愛知県常滑市となっていました。離婚後、実家に戻ったのではないでしょうか」

名前は新美《にいみ》ヒデというらしい、と白石美令は教えてくれた。

「ヒデさんが再婚したかどうかはわかりませんが、祖父が実の息子である以上、その子供の健介、つまりあたしの父はヒデさんの孫ということになります。祖父が曽祖父たちに内緒で、実の母親に孫の顔を見せてやりたいと考えても不思議ではありません。あの写真は、祖父が父を連れ、こっそりと常滑を訪れた時のものではないかと思うんです」

彼女の話を聞いているうちに、ずいぶんと昔のことながら、和真にも状況がリアルに思い浮かべられるようになってきた。

「父の学生時代の友人から聞いたのですが、当時父は頻繁に高速バスを使って名古屋に行っていたそうです。死んだ父親の代わりに時々様子を見に行かなきゃいけない人がいる、といっていたとか。新美ヒデさんのことではないでしょうか」

白石美令の推測は妥当だと思えた。むしろ、それ以外には考えられなかったので、そのようにいった。

「でも重要なのは、ここからなんです。三年生の秋には、父は愛知県に行かなくなっていたそうです。友人には、もう行かなくてもよくなった、と説明したみたいで……」

「行かなくてもよくなった……その必要がなくなった、ということでしょうか。たとえばお祖母さんが亡くなったとか」

「そうかもしれません。新美ヒデさんの戸籍を調べることも考えたのですが、時間がなくて、そこまでは手が回りませんでした。でも気に掛かることがあるんです」

「何でしょうか」

「父が大学三年の時といえば、一九八四年です。その年の五月に、あなたがおっしゃってた例の事件が起きています」

　ぞわり、と背中に寒気が走るのを和真は感じた。

「白石健介さんが、あの事件に関わっていると？」

「わかりません。あたしは全く見当違いなことをいっているのかもしれません。でも、確かめずにはいられないんです。だから、こうしてお願いしています」白石美令は何らかの覚悟を秘めた目で見つめてきた。「あの写真の場所に連れていってほしいと」

　予期しない話の連続だった。だが白石美令の頼みを断る理由はなかった。その場で二人の予定を調整し、今日、常滑に向かうことに決めたのだった。

　和真としては達郎のことも気に掛かっていた。堀部は昨日、拘置所に行って面会してきたらしい。病気について問うたところ、「病院の先生から、その連絡が届いたんですか。余計なことを」と気まずそうにいったという。やはり、隠し通そうと思っていたようだ。

　どうするつもりかという堀部の質問に対して、達郎は、「もういいんです」と答えたという。

　抗がん剤治療は辛いし、続けたところで根治は無理で、長生きできる保証などはない。

それなら残りの人生を自分なりに楽しく、快適に過ごそうと思っていたら、こんなことになってしまった。何もかもが台無しになった。

「だから死刑でいいです。それで楽になれるなら、それで結構です。先生、早いところケリをつけちゃってください。先生だって面倒臭いでしょう?」薄笑いを浮かべながらそういったらしい。

その話を堀部からの電話で聞き、やっぱり親父は嘘をついている、と和真は確信した。元来達郎は、そんな捨て鉢になる性格ではないのだ。

なぜ達郎は嘘をつくのか——この常滑行きで、その謎を解くヒントでも摑めたら、と和真は願っている。

特急列車が到着し、和真は白石美令と共に乗り込んだ。さほど混んではいない。

常滑に行くのはいつ以来だろうと考えた。上京してからは、たぶん一度も行っていない。高校時代、付き合っていたガールフレンドと行ったのが最後かもしれない。道端に焼き物が並ぶ風情のある小径は、あの時のままだろうか。

「もう一度、住所を見せていただけますか」

和真がいうと白石美令はバッグからスマートフォンを出した。片手で操作し、どうぞ、と彼の前に示した。画面に古い戸籍謄本が写っている。祖父の戸籍らしい。白石晋太郎《しんたろう》という名前だったようだ。

　晋太郎の実母である新美ヒデの本籍地が確認できた。愛知県知多《ちた》郡鬼崎《おにざき》町とある。今は存在しない地名で、合併されて常滑市となったことを白石美令は突き止めたらしい。

「インターネットで調べたところ、常滑市蒲池《かばいけ》町という場所に相当するようなんですけど、それ以上細かいことはわかりませんでした」

「そこまで判明しているのなら何とかなるような気がします。向こうに行ったら、近所の人たちに尋ねながら捜しましょう」

　新美ヒデの家が現存しているかどうかは不明だ。だが常滑市は古い町だ。人の入れ替わりが激しいとも思えず、新美ヒデを知っている人間に出会える確率は低くないのではないかと和真は考えていた。

　列車が常滑駅に到着した。外に出ると広々としたロータリーがあり、タクシーが並んでいた。名古屋や豊橋とは違い、建物が遠くに見える。

　タクシーから少し離れたところに白いワゴンが一台止まっていて、そばにスーツ姿の中年男性が立っていた。ワゴンの横に記された社名を見て、予約したレンタカー店のものだとわかった。和真は近づいていき、名乗った。

お待ちしておりました、と男性はいい、ワゴンのスライドドアを開けた。

和真たちを乗せたワゴンは、中央分離帯のある主要幹線道路を道なりに進んでいった。見渡したところ、道路沿いにも高い建物など一つもなかった。遠くにある民家の屋根さえ確認できる。

ずいぶんと大きな駐車場があると思ったら、市役所のものだった。レンタカー店は、その近くにあった。意外に小さな建物だった。

どういうところを走ることになるのか予想がつかないので、小ぶりのＳＵＶを借りることにした。一通りの手続きを終えた後、蒲池町への行き方をカウンターにいる男性従業員に尋ねた。

「この前の道を東に進んで、大府《おおぶ》常滑線を左折したら、あとは一直線です」

ナビもいらないぐらい簡単です、といって従業員は笑った。

運転は久しぶりだ。車に乗り込むとシートベルトを締め、慎重に発進させた。

「あたしは全然知らなかったんですけど、常滑ってとても歴史のある町なんだそうですね」外の景色を眺めながら白石美令がいった。

「焼き物の歴史は相当に古いはずです。平安時代か、もっと昔まで遡るかもしれません。全国各地の遺跡で見つかると聞いたことがあります」

「そうなんですか」

白石美令は相槌《あいづち》を打ってから、あの写真、と呟いた。

「例の、狸の置物が並んでいる前で幼い父が写っている写真ですけど、単なる記念写真というだけでなく、郷土自慢の意味もあったんじゃないでしょうか。お祖母ちゃんは、こんな素敵なところに住んでいるんだよって」

「なるほど、そうかもしれませんね……いや、きっとそうだと思います」

ふと思いついたことがあり、車を脇に止めた。カーナビではなく、スマートフォンで現在地を確認した。

「あの写真の場所には心当たりがあるといったでしょう？　じつはこのすぐ近くなんです。蒲池町へ行く前に、少し寄ってみませんか？」

白石美令は目を輝かせた。「それは是非お願いします」

「了解です。僕も久々に行ってみたくなりましたし」

常滑駅の近くまで戻ると、コインパーキングに車を止めた。地図によれば、目的地までは徒歩で数分のはずだ。

主要道路から脇道に入り、少し歩くと『やきもの散歩道　歩行者入口』と書かれた看板が見えた。『この先通り抜けできません』と記された立て看板もある。

「ここですか」白石美令が訊いた。

「たぶんそうだと思います」

道は緩やかな上り坂だった。進んでいくと道幅が少しずつ狭くなっていく。間違って車で迷い込んだら、大変なことになりそうだ。古民家を思わせる古い住宅が目立ち始めた。やがて道の脇に、小さな焼き物がちらほらと見られるようになった。

そして名所の一つである、『でんでん坂』の入り口に着いた。白石美令が、「えっ、何ですかこれ」と感嘆の声を漏らした。坂の壁一面に、穴の空いた丸い陶器がぎっしりと埋め込まれている。

「常滑焼の焼酎瓶だそうです」

さらに行くと今度は壁に無数の土管が埋め込まれている坂に出た。その名も『土管坂』だ。無論、これも常滑焼だ。

陶器を扱う小さな商店が、ところどころにあった。動物を模《かた》ったものが多いようだ。特に猫をモチーフにしたものが目立つ。

「あの写真の場所は、おそらくこの散歩道のどこかだと思います」和真はいった。「五十年近くも前だから、今とはかなり様子が違っていたでしょうけど、道端に常滑焼の狸がずらりと並んでいたとすれば、ここぐらいしか思い当たりません」

白石美令は感慨深そうに周囲を見回した。その目が充血していることに気づき、和真は視線を外した。父親の少年時代を思い浮かべているに違いなかった。

順路通りに進んでいくと、最後のほうに巨大な登窯《のぼりがま》があった。国内最大規模のものだと聞いたことがあった。高さの異なる十本の煙突がずらりと並んでいる様子は壮観だ。

「お父さん、どうしてこの町のことを話してくれなかったのかな。こんな素敵な場所なら、一度ぐらいは連れてきてくれればよかったのに」

白石美令の素朴な疑問に、軽々に意見を述べるわけにはいかないと和真は思った。その疑問に対する答えこそが、これから自分たちが向き合わねばならないものかもしれないからだ。

車に戻り、蒲池町を目指して再出発した。距離にして四キロほどだから十分もかからないだろう。

民家や小さな商店が並ぶ一本道を、ひたすら北上した。商店の多くはシャッターが閉まっていて、営業している気配はない。地方の町でよく見る光景だ。きっと車で少し走れば、大規模なショッピングモールや大型スーパーがあるのだろう。

間もなく蒲池駅というところで、和真はブレーキペダルに足を乗せた。通りの右側に小さな郵便局が見えた。

「どうしたんですか?」

「あそこに当たってみましょう」

「郵便局に?」

「そうです。僕に考えがあります」

何年も前に潰れたと思われる商店が通り沿いにあったので、その前に車を止めた。

郵便局に入っていくと、カウンターにいる中年女性が愛想良く挨拶してくれた。カウンターには、ほかに男性が一人いる。奥にも局員が何人かいて、それぞれの机に向かって仕事をしていた。

「すみません。ちょっと教えていただきたいことがあるんですが」

和真はカウンターの女性に、この土地に五十年ほど前に住んでいた人の家を捜しているが古い住所しかわからないので困っている、と説明した。「どういう話を聞いていたらしく、奥にいた年配の男性が立ち上がってやってきた。「どういう住所ですか？」

白石美令がスマートフォンを操作し、新美ヒデの本籍地を示した。

男性は老眼鏡をかけて画面を見た。「なるほど、これは古いね。合併前だ」

ちょっとこっちへ、と手招きされたので、和真は白石美令と共に奥に進んだ。男性は、「ここで待っとって」といってどこかへ消えた。ほかの局員たちは余所者《よそもの》のカップルには興味がないのか、見向きもしてこない。

しばらくすると男性が戻ってきた。脇に分厚いファイルを抱えている。昭和四十五年、という文字が見えた。

男性は机の上でファイルを開いた。たくさんの古い地図のコピーが綴《と》じられている。

「ええと、鬼崎町ということは……このあたりか。ええと、その人のお名前は？」

新美ヒデさんです、と白石美令が答えた。

「うん、ありましたわ、新美さん宅。漁港のほうだな」

男性が地図の一箇所を指した。新美、という文字が確認できる。和真は自分のスマートフォンに現在の地図を表示させ、相当する場所を探した。横で白石美令も同じことをしている。

「今はどうなっているんでしょうか」

和真が訊くと男性は首を捻って苦笑した。

「配達の者に訊けばすぐにわかると思うけど、おたくら、どっちみちこれからそこへ行く気でしょ？　だったら自分の目で確かめたらええんじゃないか。その住所に今はどんな人が住んどるのか、私ら迂闊《うかつ》にはしゃべれんのでね」

男性の言い分はもっともだった。立派な個人情報なのだ。思いがけず親切にしてもらえたので、甘えてしまった。

おっしゃる通りです、ありがとうございました、と礼を述べて郵便局を出た。

「収穫がありましたね」車に戻りながら和真はいった。

「倉木さんの機転のおかげです。やっぱり一緒に来ていただいてよかった」

「大したことではないです。急ぎましょう。暗くなったら家を捜しにくいし」

だがほんの数分で目的地周辺に到着した。そこは年季の入った民家が建ち並ぶ住宅地だった。月極の駐車場はたくさんあるが、コインパーキングなどは全くない。仕方なく道路脇に車を止め、スマートフォンで地図を見ながら歩いた。

ぐるぐると付近を歩き回った後、「どうやら、ここみたいですね」と白石美令が落胆した声でいった。彼女が指した場所は、まさに月極駐車場になっていた。

「近所を当たってみましょう。古い家が多いから、新美ヒデさんを知っている人が見つかるかもしれない」

それから二人で一軒一軒訪ね、新美という家があったのを覚えていないかと訊いて回った。どこの家でも不審がられたが、白石美令が例の写真を見せ、この少年は自分の父親で、一緒にいる女性の家を捜しているのだというと警戒を解いてくれた。

新美という家があったことを知っている者は何人かいた。しかしどんな女性が住んでいたのかを覚えている者はなかなか見つからなかった。

手応えを得られたのは七軒目の富岡《とみおか》という家に当たった時だ。新美さんのことなら、うちの爺ちゃんから話を聞いたことがある、と四十過ぎの主婦らしき女性がいった。爺ちゃんというのは彼女の舅《しゅうと》のようだ。

「その方にお話を伺えるでしょうか？」白石美令が訊いた。

「聞けると思いますよ。だけど今、漁協の寄り合いに出とりましてね、もうすぐ帰ってくると思いますから、それまで待っとってもらえます?」

「もちろんです。じゃあ、あたしたち車で待っていますから、お帰りになられたら電話をいただけますか」

「いいですけど、中でお待ちになったらどうですか。もう帰ってくる頃ですから」

白石美令は、どうしようか、という顔を和真に向けてきた。

「そうさせてもらいましょう。どうせ立ち話というわけにはいかないだろうし」

「ああ、それがいいですよ。どうぞ、どうぞ」女性は手招きしながらいった。

二人が通されたのは、仏壇のある和室だった。中学生ぐらいの男の子が廊下から顔を覗かせ、すぐにどこかへ消えた。

女性がお茶を出してくれたので、和真はあわてた。どうかお気遣いなく、と白石美令も恐縮している。

「わざわざ東京からいらしたんでしょう? これぐらいのことはせんと」女性は顔をしかめていってから、すぐに考え込む表情になった。「私がここへ嫁いできたのは二十年ぐらい前ですけど、その時はまだあそこに家が残ってました。でも誰も住んではおられなかったです。何かの時にその話になって、お爺ちゃんが、新美というお年寄りが住んでたといったんです。たしか、独り暮らしだったといってました」

和真は白石美令と顔を見合わせた。あの写真の老婦人に間違いないと暗黙で意見を一致させた。

がらりと引き戸の開く音が聞こえた。低い声が聞こえる。

「あっ、帰ってきた」女性が立ち上がり、部屋を出ていった。

ぼそぼそと話す声が廊下から聞こえてくる。やがて女性と共に男性が現れた。真っ黒に日焼けした、がっしりとした体格の老人だった。漁協の寄り合いといっていたから、元は漁師だったのだろう。

お邪魔しております、と白石美令が正座で挨拶した。和真も頭を下げた。

「何？　新美さんのことを訊きに来られたって？」老人は座りながらいった。声に驚きの響きがある。

「あたしの父が子供の頃、その方と会っていたかもしれないんです」

白石美令はスマートフォンに例の写真を表示させ、老人に画面を見せた。

「うん？　ええと……」老人はそばの茶簞笥を開けて眼鏡を出してきた。それをかけてから改めてスマートフォンを受け取った。画面を見ながら眉間に皺《しわ》を寄せていたが、やがてあーあーと口を開けて頷いた。「そうそう、この人だ。新美さん……たしかヒデさんだったかな。しかしこれは古い写真だねえ」

「付き合いがあったんですか」スマートフォンを受け取りながら白石美令が訊いた。

「私じゃなくて、母親が親しくしとったんだ。うちの母親は、このあたりじゃ珍しく女学校を出とったもんでインテリぶっとったんだが、新美さんは小学校の先生をしておられたから、それでウマが合ったんだろうな。本の話とか、ようしとった」

「新美ヒデさんは、どんな人でしたか」

老人は少し首を傾げてから口を開いた。

「どんなって訊かれてもなあ……。私はあまり付き合いがなかったが、気のいい親切な人だったんじゃないかね。今もいったようにうちの母親は気位が高くて、すぐに人を見下すようなところがあったけど、新美さんのことを悪くいったのは聞いたことがない」

「そうなんですか」

相槌を打つ白石美令の顔には安堵したような様子があった。彼女の曽祖母に当たる人物のことだから、褒められて嬉しくないわけがないのだ。

「新美ヒデさんに御家族はいなかったんですか」

「昔はいたんだろうけど、私が覚えているかぎりではずっと独り暮らしだったね。ええと……」老人は顔をしかめ、何かを思い出そうとするように指先で眉間を掻いた。「一度結婚したことはあるって話だったね。それで息子さんが時々会いに来ておられてたんじゃなかったかなあ。東京のいい大学に合格したとかで、うちの母親も、やっぱり血筋が違うんだとかいっとったような……いや、違うか。それじゃ、歳が合わんな。その頃は新美さんもすっかり婆さんだ。息子が大学生ってことはないか」

老人は額に手を当て、考え込み始めた。

あの、と白石美令がいった。「もしかするとその人って、お孫さんじゃないですか?」

ああ、と老人が大きく口を開いた。

「そうだ、そうだ。記憶がごっちゃになっとった。孫だ。うちの母親がそういうとった。息子さんは亡くなったんだ。だけど先方に気遣って葬式に行けなかったと嘆いとったって聞いた。ところがその後、孫が一人で来てくれるようになったって話だった。その孫には何度か会ったことがあると母親がいうとったわ」

「その人のことで、何かほかに覚えていることはありませんか」

「孫のこと？ いやあ、私は知らんね。話に聞いただけだ。新美さんも、いつの間にかおらんようになったしね」

「引っ越されたんですか」

「そのようだ。なんか、えらい目に遭ったようでね」老人が白い眉をひそめた。

「えらい目？」

「新美さんは元々親が資産家で、それなりに財産があったようなんだ。それでも女の独り暮らしだと何かと不安だっちゅうことで、資産運用っていうか、投資っていうか、まあ今でいえば財テクっちゅうか、そういうもんに手を出されたみたいなんだわ。ところがそれを仲介したのがとんだ食わせ者で、どえらい額の金を損させられたって話だ。しかもその金を取り返そうにも、そいつが殺されちまってね、どうにもならんようになった」

和真は横で聞いていて、ぎくりとした。

「それって、岡崎市で起きた事件じゃないですか？」

和真の言葉に老人は意表をつかれたように皺に包まれた目を見開いた。

「そうそう、あんた、若いのによう知っとるね。それだ。事件が起きた時は、新美さんが世話になっとる人が殺されたって母親は大騒ぎしとったが、しばらくして、じつは新美さんはそいつに騙されてたんだとわかって、二度びっくりだった」

和真は愕然とした。白石健介の祖母は、『東岡崎駅前金融業者殺害事件』で殺された男の金融詐欺の被害者だったのだ。

白石美令は凍りついたように身体を硬直させている。頬が強張っているのが傍から見てもよくわかった。

「うん、どうした？　なんか、変なことでもいったかね」老人が不思議そうに二人の顔を交互に見た。

「いえ、何でもありません」白石美令が答えられそうになかったので和真がいった。「ほかに何か御存じないですか？　新美さんの、その後とか、引っ越し先とか」

老人は首を横に振った。

「いやあ、知らんねえ。新美さんのことを思い出したのも、あの人について話すのも久しぶりだ。このあたりじゃ、もう誰も知らんかもしれんねえ」

「そうですか。今日はどうもありがとうございました」

「役に立ったかね？」

「はい、とても」

もう一度礼を述べ、和真は白石美令を見た。彼女は放心した様子だったが、はっとした顔になり、小さく頭を下げた。

富岡家を辞去し、車に戻ってからも二人は無言だった。和真が口を開いたのは、エンジンをかけてからだ。

「この土地で、ほかに調べたいことはありますか？」

白石美令は首を振り、わかりません、と細い声で呟いた。

「倉木さんは……どうしたらいいと思います？」

「僕も、何も思いつきません。とりあえず、このことを五代刑事に話してみようかと思いますが、どうでしょうか」

白石美令は吐息を漏らした。

「これ以上は、もう手に負えませんね。あたしたちには……」

「そう思います。じゃあ、東京に帰りましょうか」

はい、と答えた白石美令の声は弱々しかった。

名鉄で名古屋駅に戻る間も、二人とも殆ど無言だった。新幹線『のぞみ号』に乗り込み、指定座席に並んで座ってからも同様だ。

白石美令の頭の中で、どんな想像が巡らされているのか和真には知る由もない。和真自身、今日知ったことをどう解釈すればいいのか、ここからどのように推理を進めていけばいいのか見当がつかず、途方に暮れている。

三十年以上前に起きた『東岡崎駅前金融業者殺害事件』――達郎が犯人は自分だと告白している事件に白石健介も関わっていた。

この事実をどう捉えればいいのか。

漠然と脳裏に浮かんでいることはある。しかし口に出すには、あまりに重大で深刻で、そして過酷な想像だ。到底、白石美令には聞かせられない。

だが同じではないのか。

隣にいる美しい女性も、同じ物語を頭に描いているのではないか。

不吉で絶望的、全く救いのないストーリーを。

こっそりと横顔を窺おうとした時、左の指先が彼女の手に触れた。和真は咄嗟に少し離した。心臓が跳ねた。

するとまた指に触れる感覚があった。和真は少しも動かしていない。白石美令のほうから手を寄せてきたのだと気づいた。

躊躇いつつ、指先を絡めてみた。彼女は拒絶しなかった。前を向いたまま、手を握った。彼女も握り返してきた。

このまま二人でどこかへ消え去れたなら、どんなにいいだろう、と思った。

44

桜川がいったように、渋谷区松濤には高級住宅が建ち並んでいる。どの家のデザインも個性的で、住人たちが周りとセンスを競い合っているかのようだ。

安西弘毅の邸宅は洋風だった。門はなく、代わりに道路から玄関までのアプローチを挟むように、二台の車が止められるスペースが設けられていた。現在は左側に一台の外車が止められているだけだから、右側の一台分は来客用なのかもしれない。

腕時計で時刻を確認した。午後一時ちょうどだ。今日は土曜日で、安西家の人間が朝から誰も外出していないことは、見張り役の捜査員が確認している。

五代は邸宅を見上げながらスマートフォンで電話をかけた。番号はすでに登録してある。

電話は繋がった。はい、と落ち着いた男性の声が聞こえた。

「安西さんですね」

「そうですが」

「お休みの日に申し訳ございません。警視庁捜査一課の五代といいます。先日、門前仲町で御挨拶させていただきました」

ああ、と安西は了解したようだ。「何か御用でしょうか」

「じつは今、お宅の前におります。知希君に尋ねたいことがありまして」

「えっ、知希に？」

全く予想外、という反応だ。無理もない。

「はい。これから伺ってもよろしいでしょうか」

「知希に何を訊くんですか？」

「それは御本人にお会いしてからお話しします」

息を呑むような気配があった。短い沈黙の間に五代も呼吸を整えた。

「少しお待ちいただけますか」

「わかりました。我々はここで待機しております」

安西は何もいわずに電話を切った。余裕をなくしているのだろう。

五代は二階の窓を見た。カーテンの向こうで人影が動いたようだ。

「逃がしたりしませんか」後ろから後輩の刑事が訊いてきた。

「それはないだろう」五代は即座に否定した。「親としては事情がさっぱりわからず、おろおろするだけだ。逃がすなんて発想は出てこない」

後輩刑事は納得したように頷いた。ここへは車の運転役を含めて三人を連れてきただけだ。裏口がある場合は、そちらにも見張り役を配置するが、ないことは確認してある。中町ら所轄の人間は来ていない。桜川が、本庁で地固めをしてから新たな被疑者を所轄に引き渡すといっているからだ。

スマートフォンに着信があった。液晶画面に安西弘毅の名前が表示されている。

「はい、五代です」

「安西です。お待たせしてすみません。本人はいるのですが、ちょっとお会いできる状態ではないので、明日とか明後日とか、日を改めていただけるとありがたいのですが」

落ち着いた口調を心がけているのだろうが、声がかすかに震えている。警察が来たと聞き、知希が取り乱したのかもしれない。

「そうですか。でも誠に申し訳ないのですが、こちらは急を要しておりまして、どうしても今日、御本人からお話を伺う必要がございます。たとえば私一人だけでも息子さんと面談させていただけないでしょうか」

「いや、しかし……せめて、夜まで待ってもらえませんか」

「それはちょっと。場合によっては、本庁のほうに来ていただくことになるかもしれないんです。お子さんは未成年です。なるべく早い時間帯のほうが、お互い安心だと思うのですが」

「本庁って警視庁本部のことですか」

「場合によっては、です。必ずというわけではありません」五代は本音を隠し、正反対のことを柔らかい口調でいった。

「では一時間だけ……いえ、三十分程度で構いませんから、時間をいただけませんか。私のほうから息子に問い質したいので」

「何を、どのように問い質すのですか?」

「それは……」安西は言葉を詰まらせた。

「なるべく手短に済ませます。親御さんたちが納得できないようなことはいたしません。どうか御理解いただけませんか」

安西は沈黙した。苦悶する表情が目に浮かんだ。

「息子が例の事件に関わっていると？」

「わかりません。その可能性が浮上してきたので、こうしてお伺いしたというわけです」

ふうーっと息を吐く音が聞こえた。

「私も同席させてもらえますか？」

この要求は予期していた。その場合の対応は桜川から指示されている。

構いません、と五代は答えた。

再び無言のままで電話が切られた。

五代が玄関をじっと見つめていると、ドアが開き、濃紺のセーターを着た安西弘毅が姿を見せた。

五代は後輩刑事たちに、ここで待機しているようにいってから玄関に近づいていった。安西に頭を下げる。「無理をいって、申し訳ございません」

「知希は何をしたんですか」そう尋ねた安西の顔には、すでに焦燥感が漂っている。

「それを確認するために来たのです。息子さんと何か話をされましたか」

「いえ、警察の人が来たといっただけです」

「すると息子さんはどのように？」

安西は力なくかぶりを振った。

「何もいいません。ふうん、と答えただけで……。でも、わかります」

「何がですか」

「心当たりがあるんでしょう。あの子は動揺している時ほど感情を見せなくなります」

安西の言葉を聞き、五代は二つの感想を抱いた。この人物は冷静で利口だ。しかし父親としては、子育てがうまくいっていると思っていない。

どうぞ、と安西が招き入れるしぐさをした。

ドアの内側には広いエントランスホールがあった。お邪魔します、といって五代は靴を脱いだ。「奥様や、ほかのお子さんは？」

見張り役の刑事によれば、全員が在宅しているはずだ。

「二階にいます。申し訳ないのですが、お茶の用意などは御容赦願います」

「ええ、もちろん。知希君も皆さんと一緒ですか？」

「いえ、あいつは自分の部屋にいます」

五代は、すぐそばにある階段を見上げた。「一人ですか？」

「そうです」

「だったら、すぐに連れてきてください。少し心配なので」

十代の感受性は複雑だ。この間に手首でも切られたら厄介だ。

安西は頰を引きつらせ、階段を上がっていった。

だがどうやら取り越し苦労だったらしい。間もなく安西が少年を従えて下りてきた。

「こちらへどうぞ」

安西が少年を連れて奥に進んでいく。五代も二人に続いた。

大きな窓から陽光がたっぷり入るように設計されたリビングルームで、五代は大理石のテーブルを挟んで安西知希と向き合った。安西弘毅も横にいる。

知希は痩せた少年だった。顎や首も細く、幼さが残っている。俯いたままで、五代のほうを見ようとしない。

「知希君はスマートフォンを持っていますか？」

　五代の問いに知希は無表情で黙っていたが、やがて小さく頷いた。

「声に出して答えてもらえるとありがたいんだけどね」

「ちゃんと返事しなさいっ」

　安西が苛立ったようにいったので、五代は左手を出して制し、「スマホ、持っていますね？」と、もう一度訊いた。

　はい、と知希が答えた。高くて細い声が少しかすれた。

　五代は持参してきた鞄を開け、中からＡ４サイズの紙を取り出した。防犯カメラの映像をプリントしたものだ。それを知希の前に置いた。

「これは君ですね？」

　安西が首を伸ばし、覗き込んだ。対照的に知希は、ちらりと見ただけだ。しかし一瞬息を呑んだのを五代は確認した。

「どうですか？　君ですよね」

「そう……だと思います」

「思います？　妙な言い方だね。自分のことなんだから、もっとはっきりと答えられるんじゃないかな」

横から安西が何かをいいたそうにしたが、今回は堪えられたようだ。

「……です」知希が呟いた。

「えっ？　ごめんなさい。もう少し大きな声で」

知希は深呼吸をしてから、僕です、と答えた。

ありがとう、と五代はいった。

「さっき、スマホを持ってるといったね。この時はなぜ公衆電話を使ったのかな？　この日にかぎってスマホを忘れたとか？　でもテレホンカードは持ってた？　そんなもの、いつも財布に入れてるのかな？」

知希は答えない。項垂《うなだ》れたままだ。

「では、電話をかけた相手は誰？　友達？　知り合い？　すぐに確認できるから、嘘はいわないようにね」

ここでも無言だ。だがこの反応は五代が予想していたものだ。

「電話をかけた相手が誰なのか、それさえ教えてくれたら、おじさんは出ていくよ。その相手が誰であろうとも、それ以上のことは訊かずに出ていく。約束しよう。だから教えてもらえないだろうか」

知希の身体が小刻みに揺れている。心の迷いが身体に出ているのか、生理的な恐怖心から震えているのか、見ただけではわからない。

安西が、知希、と呟いた。「答えなさい」苦しげに呻《うめ》くように聞こえた。

なんで、と知希が声を発した。「訊くんですか」

「えっ？　なんでって？」五代は問い返した。

「知ってるんでしょ。誰にかけたか」知希が俯いたままでいった。

五代は座り直し、背筋を伸ばした。あと一押しだ。「君の口から聞きたいんだよ」

知希が顔を上げ、初めて五代のほうを見た。その表情に、五代はぎくりとした。少年の口元には、薄い笑みが浮かんでいた。

「電話をかけた相手は白石さん。これでいい？」

五代が太い息を吐き出すのと、本当か、と安西が声を漏らすのが同時だった。

「下の名前も知っていたら教えてもらえるかな」五代はいった。

「知ってます。白石健介さん」知希は吹っ切れた顔つきで答えた。

五代は鞄からノートとボールペンを出し、知希の前に置いた。

「ここに書いてもらえるかな。君の名前と今日の日付も」

知希はボールペンを手に取り、ノートに書き始めた。白石健介さん、と書いた後、少し考えてから何かを書き足した。手元を覗き込み、五代は目を剝いた。

白石健介さんを殺したのはぼくです——少年は、そう書いていた。

45

玄関のチャイムが鳴ったのを聞いた瞬間、美令の胸中を嫌な予感がよぎった。訪問者は不吉な風を運んできたのではないか。

綾子がインターホンで応対するはずだ。宅配便とかだったらいいのに、と思った。

階段を上がる足音が近づいてきた。直感が当たった——そう確信した。

ノックする音。どうぞ、と答えた。

ドアが開き、廊下を背景に綾子の影が立った。部屋の明かりは消えている。

「美令、起きてる？」

うん、と布団の中から答えた。「誰が来た？」

「警察の人。最初にうちに来た五代さんという刑事さん」

ふうっと息を吐いた。やっぱりそうか。だが来たのが五代というのは、ほんのわずかだが救いのような気がした。

「何か、大事な話があるそうなの。お嬢さんにも一緒に聞いてほしいって」

わかった、といって身体を起こした。「今、何時？」

「六時過ぎ」

「そうかあ」

窓の外は暗い。大して眠ったわけでもないのに、意外に早く時間が流れた。

「ちょっと待っててもらって。少しは化粧をしたいから」

朝から何も食べていない。ずっと部屋にいる。きっとひどい顔をしていることだろう。

綾子が部屋の明かりをつけた。「美令、大丈夫？」

「何が？」

「何がって……昨日からずっと体調が良くないっていってるけど、一体どうしたの？金曜日に職場で何かあったの？」

金曜日というのは二日前だ。倉木和真と常滑に行ったことなど綾子には話していない。

「五代さん、待ってるんじゃないの？　お茶ぐらいお出ししたら？」

綾子は釈然としない顔つきで背を向けた。歩きだそうとするのを、おかあさん、と美令は呼び止めた。

振り向いた綾子に、「覚悟しておいたほうがいいと思う」といった。

綾子が怪訝そうに眉間に皺を寄せた。「どういうこと？」

「五代さん、きっといい話をしに来たのではないよ」

「そんなことわかってるわよ。お父さんが殺されたのよ。いい話なんかあるわけないじゃないの」

「それ以上だよ。思ってる以上に悪い話。目眩《めまい》がしそうなほど」

綾子は顔を硬直させた。それを見て、申し訳ないと思った。こんな言い方をしたいわけではないのだ。しかしこの母だって、いずれは知らねばならないことだ。

「美令、あなた、何か知ってるのね？　教えて」

「あたしがいわなくても五代さんが教えてくれるよ」美令はベッドから出て、窓の前に立った。レースのカーテンをめくると、ガラスに自分の暗い顔が映っていた。

綾子は何もいわずに立ち去った。階段を下りる足音も陰気に聞こえた。

美令は小さなテーブルの前に腰を下ろし、出しっぱなしになっていた化粧ポーチを引き寄せた。

ふと、倉木和真のことが頭に浮かんだ。彼は今、何をしているだろう。どんなことを考え、明日は何をしようと思っているのだろうか。

常滑での出来事が蘇る。あんなところへ行ったのが間違いなのか。知らなければいいことを知ってしまったのか。

考えたくはないのに、考えてしまう。不吉な物語が形成されそうになるのを懸命に止めようとするが、その思いとは逆に、よりはっきりとした形が作られていく。

思い過ごしであってほしい。何かの間違いであってほしい。

五代が来たのは、全く別の用件であってほしい。

でも、たぶんその望みは薄いだろう――鏡に向かって口紅をひきながら、覚悟しなければならないのは自分も同じだ、と思った。

居間に行くとソファに座っていた五代が立ち上がり、会釈してきた。スーツ姿でネクタイを締めている。前に会った時と変わらぬ服装だが、正装しているように感じるのは、表情が硬いせいだろうか。美令が席につくと五代も座った。

「紅茶、淹れる?」綾子が訊いてきた。

「いらない」美令は素っ気なくいってから五代を見た。「用件を話していただけますか」

はい、といって五代は両手を膝の上に置いた。

「まず最初に申し上げておかねばならないのですが、今日こうしてお話しすることは、正式には認められておりません。当面、御遺族には伏せておいたほうがいいのではないか、という意見もございました。しかし今後のことを考えると、一刻も早く、現時点で判明していることだけでもお伝えしておいたほうがお二人のためになると思い、私の判断で訪問した次第です。したがって、これからお話しすることは非公式です。お二人には他言無用をお願いしたいのですが、約束していただけますか」

美令は綾子のほうを見た。二人で頷き合った後、お約束します、と五代にいった。

ありがとうございます、と五代は頭を下げた。

「結論から申し上げます。白石健介さんが殺害された事件において、新たな容疑者が浮上しました。現在勾留中の倉木被告人の犯行である可能性は極めて低くなり、近々起訴は取り下げられ、倉木被告人は釈放されるものと思われます」

そんな、と綾子が声を発した。「どういうことですか」

「今、申し上げた通りです。真犯人と思われる人物の供述は妥当性が高く、すでにいくつかの裏付けも取れています。倉木被告人の供述よりも説得力があり、本当のことを語っていると思われます」

「誰なんですか、一体」綾子が険しい口調で訊いた。

「申し訳ございませんが、それはまだお話しするわけにはいきません」

「教えてください。誰にもいいませんから」

「すみません。その時が来れば、必ずお話しします」

「そんなのって……納得できません」

おかあさん、と美令はいった。「ちょっと黙ってて」

綾子が、はっとしたように目を見開いた。

美令は五代のほうを向いた。

「そのことだけを話しに来られたのですか？　あたしたちに話すべきことが、まだほかにもあるんじゃないんですか」

五代は真剣な目で見返してきた。

「おっしゃる通りです。ほかにもあります」

「そうでしょうね。むしろ、そっちのほうが重要なんですよね。犯人が誰か、なんてことよりも」動揺しているのに、なぜか流暢《りゅうちょう》に口が動いた。

「美令、あなた何をいってるの？」

「動機は何ですか？」綾子の問いかけを無視し、美令は五代に訊いた。「その犯人が父を殺した理由です。どのように話しているんですか」

五代は窺うような視線を美令に注いできた。「あなたは何か御存じなんですね？」

「知っています。父の過去についてです。三十年以上前に愛知県で起きた事件に、父は関与していた。そうですよね？」

隣で綾子が全身を硬直させる気配があった。

「どうしてそれを？」五代が訊いてきた。

「説明すると長くなるんですけど、じつは先日、愛知県の常滑に行ってきました」

「とこなめ？」五代は訝しげに眉根を寄せた。あの土地のことは知らないらしい。

「父の祖母が住んでいたところです。そこでいろいろと聞きました。ただ、昔の事件に関係していたとわかっただけで、具体的に父が何をしたのかまでは知りません。でも、想像していることはあります。その想像が見当外れであることを心から祈っていたんですけど、実際にはどうだったのでしょうか。その答えを、たぶん五代さんは持っておられるんですよね？　違います？」

五代は美令の顔をじっと見つめた後、はい、と頷いた。「持っています」

「聞かせてください。覚悟はできています」

五代は頷き、息を整えるように胸を張った。

「まず、先程の質問にお答えします。真犯人が語っている動機は復讐です。白石弁護士のせいで自分を含めて家族が不幸になった。だからその恨みを晴らしたくて殺害した。そのようにいっています」

「なぜ父のせいで不幸になったと？」もう答えはわかっていたが、美令は敢えて確認した。

「三十年以上前、あなたがさっきお話しになった事件――『東岡崎駅前金融業者殺害事件』の犯人として、一人の男性が逮捕されました。彼は無実を主張したまま、警察署の留置場内で自殺しました。その事件の犯人は自分だったと倉木被告人が自供したことは御存じだと思います。しかしこのたび新たに浮上した白石健介さん殺害の真犯人だと目される人物によれば、それもまた倉木被告人の嘘であり、昔の事件の犯人は白石弁護士で、そのことを知ったので復讐した、とのことです」

五代の口から一気に語られた言葉の一つ一つが、沼地に石が転がり込むように、次々と美令の心の奥へ沈んでいった。そのたびに何かが失われていくのを感じたが、不思議に苦痛ではなかった。

ついに真実に辿《たど》り着いた。もうこれ以上道に迷うことはない。どこにも行く必要はないし、捜すべきものもなくなった。そんな思いは何となく達成感に似ていて、諦めの気持ちが心地よさに変わるような、奇妙な感覚を味わっていた。

46

釈放の決まった倉木達郎が拘置所を出たところを待ち受け、五代は任意同行を求めた。倉木は拒否せず、穏やかな表情で警察が用意していた車に乗り込んだ。荷物は小さな旅行バッグ一つだけだった。

もう被告人ではないし、被疑者でもない。身代わり犯人を仕立てることは犯人隠避に当たるが、逮捕するかどうかはまだわからない。倉木を後部座席の真ん中に座らせて二人の刑事で挟む、というようなことはせず、五代だけが隣に座った。

「御迷惑をおかけしましたね」車が動きだして間もなく、倉木が謝った。

「本当のことを話していただけますね」五代はいった。

倉木はため息をつき、窓の外に目をやった。「まあ、仕方ないでしょうなあ」

この数か月の間に、かなり痩せたように見えた。しかし顔色は悪くない。諦念を漂わせて遠くを見つめる横顔は、すべてを悟った人間だけが持つ雰囲気に包まれていた。

車は警視庁本部庁舎に到着した。事情聴取はここで行われることになっている。自分が話を聞く、と桜川がいった。だが五代も同席が認められた。

「さて、どこから話していただきましょうか」部屋で向き合ってから桜川が訊いた。

倉木は苦笑し、首を傾げた。「どこから話せばいいですかなあ」

五代、と桜川が顔を向けてきた。「おまえはどこから聞きたい？」

「それはもちろん、昔の事件から」五代は即答した。

桜川が倉木を見た。「それでいかがですか？」

倉木は黙って瞼《まぶた》を閉じ、少ししてまた目を開けた。

「やっぱり、そこから話すしかないでしょうねえ。でも、ずいぶんと長くなりますよ」

「結構です。この時を楽しみにしていたんです。いくらでもお付き合いしますよ。——なあ五代、おまえもそう思うだろ？」

お願いします、と五代は頭を下げた。

わかりました、といって倉木は話し始めた。


一九八四年五月——。

三十三歳になったばかりの倉木は、毎日が楽しかった。三か月前に長男の和真が生まれていたからだ。妻の千里と結婚したのは二年前で、待望の赤ん坊だった。千里は倉木より一歳上で、年齢面から焦り始めた頃の妊娠だった。

倉木が勤務していた部品工場は大手自動車メーカーの子会社で、従業員は千人程度いた。従業員の大半は機械工で、倉木も旋盤や切削機を扱う部署にいた。

自動車産業は好調で仕事は忙しかった。週休二日といっても、土曜日に休めるのは月に一度か二度だ。残業も多い。しかしその分手当が増えるわけで、新しい家族ができた倉木にとっては歓迎すべきことだった。

工場へは車で通っていた。乗っていたのは親会社が販売しているセダンだ。中古だが、乗り心地は悪くなかった。ただしあまり洗車をしないので、白い車体にはいつも汚れの筋が何本も入っていた。

その日の朝も、いつものように千里と和真に見送られ、車に乗って出かけた。アパート住まいだが、近いうちにマイホームを、と考えていた。住宅財形は入社した時から続けていて、それなりに貯まった。

片側一車線の道路は少し混んでいた。前方に上り坂が迫ってくる。そこを過ぎたら、渋滞の列が見えるはずだ。その先にある交差点の赤信号が長いのだ。

左側の路肩を、自転車で進んでいる男がいた。黒っぽいスーツの裾がはためいている。上り坂なのに御苦労なことだと思いつつ、倉木は追い越した。横目で男を見ると、不機嫌そうに顔をしかめていた。

坂を上りきると、案の定、車の列が見えた。倉木はほんの少しだけ迷ってから、脇道に入ることにした。坂を下りきったところに左に入る細い道がある。遠回りだが、時間的には早く工場に辿り着ける抜け道だ。

もう少しで坂を下りきる、というタイミングで車を左に寄せた瞬間だった。何かが倉木の左目の端に入った。その直後、車のすぐ横で何かが倒れた。人だということはわかった。接触したらしい、と思った。

あわてて車を端に寄せて止め、運転席から飛び出した。

倒れていたのは、先程の自転車の男だった。顔を歪め、腰のあたりを押さえている。

「大丈夫ですかっ」倉木は尋ねた。「怪我は……」

男がしゃがみこんだまま、口元を曲げて何かいった。聞こえなかったので、倉木は顔を近づけた。「何ですか?」

男は、ぼそりと、「痛い」といった。

「あっ……すみません」

倉木が詫びると男は空いている右手を出してきた。「名刺」

「えっ?」

「名刺だよ。働いてるんなら、持っているだろ。それから免許証」

さあさあ、と催促するように男は手のひらを動かした。

倉木は財布から名刺と免許証を出し、男に見せた。男は双方を見比べた後、内ポケットからボールペンを出してきた。

「名刺の裏に自宅の住所と電話番号」

「私の、ですか」

「そうだよ。決まってるだろ」ぶっきらぼうに男はいった。いわれるまま名刺の裏に住所と電話番号を記した。差し出すと、男はひったくるように取り、すぐに確かめた。「マンション？　それともアパート？」

住所に部屋番号が付いているからだろう。アパートです、と倉木が答えると、男はつまらなそうな顔をした。貧乏人か、と失望したのかもしれない。

「警察に電話してきます。それから救急車を呼びます」

男は仏頂面で顎を小さく動かした。領いたつもりらしい。

数十メートル離れたところに電話ボックスがあった。そこから一一九と一一〇にかけた。動転しているせいか、状況を伝えるのに少し手間取った。その後、会社に電話をし、体調が悪いので今日は休むことを女性事務員に伝えた。彼女が怪しんでいる気配はなかった。

電話を終えて現場に戻ると、男は地面で胡坐《あぐら》をかき、煙草を吸っていた。自転車の荷台にくくりつけてあったと思われる鞄を横に置いている。

「どうもすみません」倉木は改めて謝った。

男は無言で鞄に手を入れ、何かを出してきた。名刺だった。

倉木は受け取り、目を落とした。『グリーン商店 社長 灰谷昭造』とあった。

「参ったなあ」独り言のように灰谷は呟いた。「今日はいろいろと回らなきゃいけないところがあるってのに、何でこんな目に遭わなきゃいけないんだ」

「本当にすみません」倉木は頭を下げた。

「そこに書いてある番号に電話をかけてくれ。若い奴が出ると思うから、事故のことを話して、午前中の予定はキャンセルだというんだ」

「わかりました」名刺を手に踵を返した。

電話ボックスまで走り、名刺の番号に電話をかけた。グリーン商店です、と聞こえてきた声は、たしかに若い男のものだった。

灰谷からいわれたことを伝えると、相手はさすがに驚いた様子で、「事故って、どの程度のものですか。かなりの重傷とか?」と問うてきた。

「いえ、ふつうに話をされてますし、煙草を吸っておられますから、大したことはないと思うんですけど」

倉木が答えると、「あ、そうなんですか」と拍子抜けしたような言葉が返ってきた。

それをどう解釈していいかわからぬまま、倉木は電話を終えた。

電話ボックスを出た時、救急車のサイレンが聞こえてきた。

救急隊員たちは灰谷の怪我が軽傷らしいとわかり、安堵したというより、この程度のことで呼んだのか、と苛立っているように見えた。それでも二人で灰谷を救急車に乗せると、再びサイレンを鳴らして走り去っていった。自転車は、後で倉木が灰谷の会社まで届けるという約束で鍵を預かった。

それから間もなくパトカーがやってきて、実況見分が始まった。

状況を尋ねてくる交通課の警官に、倉木は状況をできるかぎり詳しく説明した。できるかぎりというのは、倉木自身が把握しているかぎり、ということだ。じつのところ倉木は、何がどうなったのかよくわかっていなかった。

実況見分には三人の警官が当たっていた。彼等は道路や倉木の車、そして残された自転車を念入りに観察していたが、全員の顔に当惑したような色が浮かんでいた。しきりに首を捻ったりもしている。

後日連絡するといわれ、倉木は解放された。警察署に連れていかれるのかと思ったが、そうではないらしい。

車を運転し、自宅のアパートに帰った。目を丸くした千里に事故のことを打ち明けた。話を聞いた途端に彼女は青ざめ、頬を強張らせた。「それで……これからどうなるの？」

「わからない。相手の人の怪我次第だと思う。大した怪我ではないと思うんだけど」

「会社には知らせたの？」

「いや、知らせてない。なるべく隠しておきたい」

「そうよね」

親会社が自動車メーカーということがあり、会社は社員の交通違反や事故に敏感だった。報告すれば、必ず人事部に伝わり、今後の査定に影響してくる。時には掲示板に事故内容が張り出されたりするのだ。イニシャルしか書かれないが、誰のことかはすぐにわかる。

倉木は自分の車を駐車場に止めると、タクシーを呼び、事故現場に戻った。灰谷の自転車を回収するためだ。

自転車をこぎ、受け取った名刺の住所を目指した。駅前にあるビルの一室らしい。途中、和菓子屋を見つけたので寄り、最中の詰め合わせを買った。

ビルに行ってみると思ったよりも古びた建物で、外装がところどころ剝がれていた。

『グリーン商店』は二階にあった。自転車を歩道の脇に止め、階段を上っていった。錆の浮き出た扉に、『グリーン商店』と記されたプレートが貼られていた。ドアホンが付いていたので、押してみた。室内でチャイムが鳴った。ドアが開き、若い男性が顔を覗かせた。シャツにジーンズというラフな出で立ちだ。倉木は名乗り、事故を起こした者だと説明した。

「ああ……さっき灰谷から電話がありました。もうすぐこっちに来ると思いますけど」

「じゃあ、待たせてもらってもいいですか」

若者は、うーんと首を傾げた後、「いいんじゃないですか」と答えた。自分には許可する権限はない、といいたいようだ。

お邪魔します、といって倉木は室内に足を踏み入れた。部屋の広さは十数畳といったところか。真ん中に大きなテーブルが置かれ、その上に箱、書類、瓶、何かの器具といったものが雑多に載せられている。周囲に並べられた棚の上も、物や書類で溢れていた。

若者は窓際に置かれた机の前に座り、マンガ雑誌を読み始めた。机の上には電話機とファクスがある。

パイプ椅子があったので、倉木はそこに腰を下ろした。

「灰谷さん、どんな様子でしたか？　怪我の具合とか」

倉木の問いに若者はマンガ雑誌から顔を上げることなく、さあ、と気のない返事をしただけだった。

倉木は改めて室内を見回した。何を生業《なりわい》としている会社なのか、まるでわからなかった。社員はこの若者一人なのだろうか。それにしても社員という服装ではない。

机の上の電話が鳴った。若者が受話器を取り上げた。

「グリーン商店です。……申し訳ございません。灰谷は現在外出中でして。……タナカ様ですね。いつもお世話になっております。……その件でしたら、後ほど灰谷のほうより御連絡させていただきます。……かしこまりました。お伝えしておきます。今後もよろしくお願いいたします。では失礼いたします」片手をマンガ雑誌から離すことなく、だらしない姿勢のままで若者はしゃべった。文字にすると丁寧な言葉遣いだが、本を棒読みしているような口調で、誠意のかけらも伝わりそうになかった。

受話器を置くと、若者はまたマンガに熱中し始めた。

かちゃりと音がして玄関のドアが開いた。灰谷の姿を見て、倉木は立ち上がった。

「あんたか」灰谷は眉間に皺を寄せ、入ってきた。右足を引きずっている。「ああ、痛い、痛い。全くもう、とんだ災難だ」

「申し訳ございませんでした」倉木は頭を下げた。「怪我の具合はどうだったでしょうか」

「どうって、見ればわかるだろう。まともに歩けやしない。全治三か月だよ、三か月。医者からは安静にしてろっていわれた。一体、どうしてくれるんだ」

「骨とかに異常はなかったわけですね？」

「折れてなきゃいいってもんでもないだろう。実際、こうして難儀してるんだ」

「あ……すみません」

灰谷は足を引きずりながら若者のほうに近づくと、「誰か電話してきたか」と訊いた。

「さっき、タナカって人から。ジジイの声だった」

「あの爺さんか。わかった。おまえ、今日はもう帰っていいぞ」

「あっ、そう」若者は素早く立ち上がると、マンガ雑誌を手にしたまま倉木の脇を抜け、部屋を出ていった。

灰谷は若者が座っていた椅子に腰を下ろし、電話を引き寄せた。鞄から出した手帳を広げてから受話器を取り、どこかに電話をかけ始めた。

「もしもし、タナカさんですか。灰谷です。お電話をいただいたみたいで申し訳ございません」それまでとは別人のような愛想のいい声を灰谷は発した。「……ええ、はい、その件だと思いました。じつはそのことで先方と話をしてきたばかりでして。……はい、狙い通り、順調に値上がりしているようです。……はい、もちろんその通りです。……ええ、ですから先日もお話ししましたように、期日までは解約できない商品でして。……そうですね。やはり少し待っていただくことになるかと。そのほうが利益も出ます。……そういうことです。では、そのように取り計らわせていただきます。わざわざ御連絡、ありがとうございました。今後もよろしくお願いいたします。はい、どうも、失礼いたします」

受話器を置いた後、灰谷は渋面を作って手帳に何事か書き込み、ため息をついた。首の後ろを揉んだ後、倉木のほうを向いた。

「さて、どうするかね」先程までの無愛想な口調に戻った。

「あの、診断書ではどうなっているんでしょうか」

「診断書？　ああ、いろいろと難しいことが書いてあったよ。ええと、どこへやったかな」灰谷は上着のポケットや鞄の中を探った後、大きな音をたてて舌打ちした。「くそっ、見つからないな。まあいい。とりあえず、今日の治療費を払ってもらいたいんだけどね」

「あ、はい。それはもちろん」大切な診断書をなぜ紛失したのだろうと疑問に思いながら、倉木は財布を出していた。「領収書はありますか」

「だから診断書と一緒に領収書も行方不明なんだ。捜しておくから、治療費を出してくれ。三万円ほどだ」

「三万円……ですか」

何にそんなにかかったのだろう、と問いたくなった。

「あんた、自動車保険には入ってるんだろ？　どの道、金は戻ってくるんだからいいじゃないか」

「いえそれが、保険は使わないかもしれないので」

「そうなのか。だけどそんなこと、そっちの問題だ。こっちとしては治療費を払ってもらわないと困る。人身事故を起こしておいて、治療費を出し渋るなんて話、聞いたことがないね」

「いや、決してそういうわけではないです。ただ、今は持ち合わせがなくて……」

灰谷はしかめっ面をした。「いくら持ってるんだ?」

倉木は財布を開けた。入っているのは二万数千円だ。大金を持ち歩く習慣はない。キャッシュカードを持っているのは千里だ。

そのことをいうと、「じゃあ二万円でいい」と苦々しそうに灰谷はいった。

倉木は一万円札二枚を差し出した。灰谷はそれを奪い取り、そのまま内ポケットに押し込んだ。

「あのう……」

「なんだ?」

「不足分はこの次払いますから、二万円の受取証をいただけませんか」

灰谷は目を剝いた。「俺がごまかすとでもいうのか?」

「そうではないですけど、きちんとしておいたほうがいいと思いまして」

「心配しなくても、とぼけたりしないよ。それより、今後の話だ。こっちは得意客のところを回るのが仕事だっていうのに、こんな身体じゃ不自由でしょうがない。一体、どうしてくれる?」

「……すみません」頭を下げ続けるしかなかった。

「まずは自宅からここまでの足だ。自転車には当分乗れないから、何とかしなきゃいけない」

灰谷によれば、自宅はここから三キロほどのところらしい。

「タクシーを使いたいところだが、呼んでもすぐには来ないし、めったに空車なんて通らない。うーん、どうするかねえ」そういいながら灰谷は財布から名刺を出してきた。倉木の名刺だった。彼が裏に書き込んだ自宅の住所をじっと見てから灰谷は口を開いた。

「あんたの会社、朝は何時からだ？」

「九時からですけど」

「そうか。それならちょうどいい。七時半に、うちに来てくれ。で、俺を車に乗せて、この事務所まで送る。それから会社に向かっても間に合うだろう」倉木の名刺を机の上に放り出し、「そうしよう、それがいい」と一人で決めてしまった。

「毎朝……ですか」

「そうだ。あんたが無理なら、ほかの人間に頼んでもいい」

倉木は素早く考えを巡らせた。ほかの人間になど頼めない。七時に自宅を出れば何とかなりそうだ。

「わかりました。明日からですね」

「家からここへ来るのはな」

灰谷はそばのメモ帳に何やら書き込んでから、ほら、といって差し出してきた。そこには住所と電話番号が記されていた。灰谷の自宅らしい。

「ここから家に帰るのは今日からだ。六時に来てくれ」

「待ってください。今夜は会社を休んだから来られますけど、ふだんは大抵残業があるんです。八時にしてもらえませんか」

「八時？ そんな時間まで、ここで何をしてろっていうんだ」

「じゃあ、せめて七時に。お願いします」倉木は腰を折り曲げた。

灰谷は大きなため息をついた。

「しょうがないな。じゃあ、七時でいい。その代わり、遅れるなよ」

「わかっています。気をつけます」

灰谷は椅子に身体を預け、腕組みして倉木を見上げた。

「まずはそんなところかな。損害賠償については、これから考える。それから今後も病院に通うことになると思うけど、治療費はその都度請求させてもらうからな。財布には、きちんと金を入れておけよ」

「あ……はい」

倉木の胸中には黒い靄《もや》が広がりつつあった。何でもかんでもいいなりになっていては、この男にいいように毟《むし》られるだけではないかと思った。だが今の時点では対抗するだけの武器がなかった。

倉木は自分が紙袋を持参してきたことを思い出した。最中の詰め合わせだ。

「あの、よかったらこれを……」おそるおそる差し出した。

「甘い物か。そういうのは食べないんだが、まあいいや。そのへんに置いといてくれ。今度は酒がいいな。ウイスキーとか」

今夜にでも持ってこいという意味かなと思った時、玄関のチャイムが鳴った。

「今頃誰だ？　ちょっと開けてみてくれ」

灰谷にいわれ、倉木はドアを開けた。ジャンパーを羽織った、まだ学生ではないかと思われるような若い男性が立っていた。彼は倉木を見て会釈し、「灰谷さんはいらっしゃいますか」と尋ねてきた。

「灰谷は私ですがね、おたくさんは？」倉木の背後から灰谷の声が飛んできた。

「あ……あの、僕はシライシといいます。ニイミヒデの孫です」

「ニイミさん？　ああ、あのお婆さん。元気にしておられますか。最近は、ちょっと御無沙汰しているんですがね」灰谷の口調は、若い男に対するものにしては丁寧だった。

「一応元気なんですけど、ちょっと気になったことがあったので御相談に。本人は足が悪いし、難しいことはよくわからないというものですから」

「何ですか。そんなに難しい話をした覚えはないんですがね」灰谷の口調は相変わらず柔らかい。倉木に対してのものとは、ずいぶんと違う。

シライシという青年が室内に入ってきた。

「祖母から聞きました。灰谷さんに勧められて投資を始めたって」

「ああ、そのことね。勧めたっていうか、相談を受けたものだから、今はいろいろなものがありますよと紹介はしました。それが何か？」

「祖母によると、相談したわけじゃなく、銀行預金なんかじゃだめだと強くいわれたってことでしたけど」

「それは聞いた側の受け取り方次第だ。世間話をしていて、あのお婆ちゃんが何となく老後に不安を抱えてるみたいに思ったから、お金を増やしたいならいろいろと方法がありますよと教えてやっただけですよ」

灰谷の説明を聞いても青年が納得した様子はなかった。

「祖母は考えておくといっただけなのに、すぐに次々と知らない人間を連れてきて、あれやこれや契約させられたといってました」

「だからそれは解釈の仕方が違うだけだといってるじゃないですか。契約させられたっていうのは、ずいぶんな言い方だ。こっちは親切でやってるっていうのに」

青年は業を煮やしたように表情を険しくして首を振った。

「まあ、それならそれでいいです。とにかく、祖母が契約したっていうやつ、全部解約したいんですが」

「解約？」灰谷が眉間に皺を刻んだ。「何ですか、それは？」

「お金を返してもらいたいといってるんです。祖母が受け取ったという証券類を持ってきました」若者は抱えていた鞄を開け、中から大判の封筒を出してきた。「ゴルフ会員権の預かり証、それからレジャー会員権と会員制リゾートホテルの権利証。総額で二千八百万円になりますね」

彼の話を横で聞いていて、金額の大きさに倉木は目を見張った。

「解約したいなら、それぞれの会社にいってください。担当者の名刺はお持ちのはずだ」

「もちろん電話しましたけど、いずれも今すぐには解約できないきまりだといわれました」

「だったら仕方がない。解約できる期日まで待つことですな」

「祖母は、いつでも解約できると聞いたといっています。あなたから」

「私はそんなことといいませんよ。私はそれぞれの担当者を紹介しただけです」

「困ったことがあれば、何でもいってくれと祖母にいったそうじゃないですか」

「いいましたよ。何か困ってるんですか」

「すべて解約したいんです。お金を取り戻してください」

「だからあ」灰谷は机を叩いた。「おにいさん、わかってる？　それはね、それぞれの会社とおたくのお婆ちゃんの問題であって、うちは関係ないの。うちは紹介しただけ。契約内容に不満があるなら、直接先方にいってもらえるかな。さあ、こっちは忙しいんだから、そろそろ帰って。さあさあ」右手で払うしぐさをした。

「でも――」

「帰れといってるんだっ」灰谷は立ち上がろうとして、「あ、痛たたた」と顔をしかめた。その顔を倉木に向けてきた。「何をぼさっと見てるんだ。追い返してくれ」

なぜ俺がと倉木は当惑したが、行きがかり上、断れなかった。仕方なく、「帰ってください」と青年の前に立ちはだかった。

青年は悔しげに唇を噛んで倉木を睨んだ後、踵を返して出ていった。

ドアが閉まるのを見届けてから、倉木は振り返った。灰谷と目が合った。

「なんだ、その顔は」灰谷が口元を曲げていった。「何か文句でもあるのか」

「いえ、そうではないですけど……」倉木は目をそらした。

「気分が悪い。今日は早く帰る。五時だ。五時にここへ来てくれ」

「わかりました。では失礼します」

倉木は灰谷のほうは見ないで頭を下げ、ドアを開けて部屋を出た。

帰宅して千里に事情を話すと、彼女は不安そうに眉をひそめた。

「何よ、その人。何だか胡散臭いわねえ」

「仕事内容は怪しげだし、狡賢《ずるがしこ》そうだ。診断書を見せないのもおかしい。よりによって、厄介な奴に関わっちゃったよ」そういって倉木は、安らかな顔で眠っている和真の頬を撫でた。平和で幸せいっぱいの毎日に、不意に暗雲がたちこめてきた。

「保険会社には連絡しなくていいの？」

「うーん、そのことなんだけどさ」

倉木は、なるべく自動車保険は使いたくなかった。加入している保険会社は職場から斡旋されたところで、親会社の系列でもある。保険料を割り引いてもらえる特典があるのだ。ただし保険を使用した場合、事故の内容が必ず親会社、そして倉木の勤める会社にも伝わるといわれている。それを避けるため、軽微な事故では保険を使わないというのが社員たちの常識になっている。

「でも請求される金額があまり大きいと、使わざるをえないんじゃないの？」

「そうなんだよな。だけど見たかぎりでは大した怪我ではなさそうだし、そんなに大きい金額にはならないと思うんだけどなあ」

とりあえず警察からの連絡を待ってみよう、ということで話は落ち着いた。

五時までは時間があったが、何をする気も起きず、ぼんやりとテレビを眺めながら過ごした。しかし少しも頭に入ってこない。目を覚ました和真が手足を動かす姿が、唯一の癒やしだった。

五時ちょうどに車で迎えに行くと、灰谷が、ほら、といって鞄を差し出してきた。持てということらしい。さすがにむっとしたが、倉木は黙って受け取った。

灰谷は相変わらず足を引きずるようにして歩いていたが、さほど歩行が困難には見えなかった。病院での診断結果が気に掛かった。

「汚い車だな。たまには洗車しろよ」そういってドアを開け、灰谷は後部座席に乗り込んだ。

「すみません」応じた後、なぜ謝らなければならないのかと倉木は思った。

灰谷に指示されるまま、ハンドルを操作した。十五分足らずで灰谷の自宅に着いた。小さくて古い一軒家で、形ばかりの庭はあるが駐車場はなかった。

「じゃあ明日、七時半だ。遅れるなよ」灰谷は車を降りた。

倉木はシフトレバーを操作した。車を発進させる前に、改めて灰谷の家を見た。窓から明かりは漏れていないから、独り暮らしなのかもしれない。

明日からここまで通うのかと思うと憂鬱になった。それがいつまで続くのだろう。

小さく首を振ってから車を出した。

次の日から、倉木は灰谷の「足」として使われることになった。いわれた通り、朝の七時半に家まで迎えに行き、事務所まで行った。夜の七時には事務所へ行って灰谷を乗せ、自宅まで送った。職場には妻の体調が良くないといって、残業を短くしてもらった。

それだけならまだ我慢できるが、灰谷はほぼ毎日、何らかの金を要求した。タクシー代や薬代、自転車修理代などだ。領収書はあるが、いずれも手書きのもので信憑性《しんぴょう》は低い。明らかに数字の「3」を「8」に書き換えたと思われるものまであったが、証拠がないので文句はいえなかった。

しかも灰谷は、時折倉木の職場に電話をかけてきて、それらの支払いを命じるのだった。さらに、文句があるなら上司に代われ、という意味のことを何度か口にした。倉木が事故のことを職場に隠していると見抜き、ばらされたくないならいう通りにしろ、と暗に脅しをかけてきているのだ。

そんなふうにして数日が経った。退社後、いつものように倉木が灰谷の事務所に行くと、ドアの前に人影があった。先日来た、シライシという青年だった。向こうも倉木のことを覚えていたようだ。社長はどこですか、と尋ねてきた。

「いないんですか」倉木はドアを指した。

「鍵がかかっています。留守のようです」

「そうですか」

　倉木は腕時計を見た。午後七時までにはまだ少し時間がある。

「鍵、持ってないんですか」青年が訊いてきた。

「いや、俺はここの者ではないんで」

「あっ、そうなんだ……」青年は意外そうな顔をした。前回、倉木が灰谷の命令に従ったのを見ているので、部下だと思ったのだろう。

　青年も腕時計を見て、弱ったな、と呟いた。

「何だか、揉めているみたいだね」倉木はいってみた。

　青年は訝しげな目を倉木に向けてきた。「あなたも、あの社長と何か取引を？」

「とんでもない」倉木は首を振った。「交通事故を起こしちゃってね。といっても大した事故ではないんだけど、とりあえずこっちが加害者ということになっている」

「そういうことですか」青年の目から疑念の色が消えた。

「先日聞いたかぎりでは、君のお祖母さんが何かの契約を交わしたみたいだけど」

青年は吐息を漏らし、頷いた。

「祖母は常滑で独り暮らしをしているんですけど、久しぶりに様子を見に行ったら、ゴルフ会員権の預かり証なんてものがあって、これは何だと訊いたら、投資だっていうんです。購入したゴルフ会員権を会社に預けて、運用してもらうんだそうです。八十二歳の祖母にそんなことが思いつけるわけないので、問い詰めてみました。そうすると、人に勧められて契約したっていうじゃないですか。さらに訊くと、レジャー会員権や会員制リゾートホテルの権利証なんてものまで買わされていました。いずれも紹介者は同じで、そういった会社の人間を連れてきたんだそうです」

「その紹介者というのが灰谷社長?」

「そうです」青年は頷いた。「あの人は以前保険会社にいて、祖母の友人が亡くなった時の生命保険は自分が扱った、といってやってきたそうです。口がうまいらしく、祖母はすっかり信用しちゃったみたいです。親切な人だ、なんていうんですよ。だけど、どう考えても胡散臭いです」

倉木は電話の応対をしていた灰谷を思い出した。たしかに口調は柔らかくて丁寧で、倉木に対する時とは大違いだった。

「あの人物は信用できないよ。狡賢くて、金に汚い。君がいうように、それらの投資話は怪しいね。解約するのが正解だと思う」

「そう思うんですが、なかなか埒《らち》が明かなくて。それぞれの会社に連絡しても、すぐには解約できないとか、莫大な手数料が発生するとかいわれて……」

　ますます怪しげな話だった。悪徳商法ではないか。倉木は、最近起きた純金を扱ったペーパー商法事件を思い出していた。純金を売っておきながら商品を渡さず、代わりに純金預かり証なるものを発行し、会社が代金を着服していたという事件だ。全国に被害者が出て、その被害額は二千億円を超えたといわれている。

「そこで灰谷に責任を取ってもらおうということか。うん、それがいいと思う。詐欺だとしたら、あいつもぐるだ。きっと分け前を受け取っているに違いないからね」

「そう思うから、こうしてやってきたんですけど……。困ったな、そろそろ行かないと高速バスに間に合わない」

「君はどこから来てるの？」

「東京です」

「へえ、わざわざこのために？」

「祖母にはほかに身寄りがないんです。父方なんですけど、その父も死んじゃって、母も自分たちの生活を支えるのが精一杯でとても余裕がないから、僕が時々様子を見に来ているんです」

青年は法学部の学生で、三年生だといった。東京で、母親と二人で暮らしているらしい。

「小さい頃からかわいがってもらったし、祖母には恩があります。大切なお金を何としてでも取り返してやらないとかわいそうです。僕は絶対に諦めません」

「それがいい。俺に何ができるかわからないけど、応援するよ」倉木は本心からいった。

青年の去り際に連絡先を交換した。彼の名前は白石健介といった。

白石を見送ってしばらくすると、どこからか灰谷が現れた。警戒するような目で、「あいつと何の話をしてたんだ」と訊いてきた。

倉木はぴんときた。灰谷は部屋の前に白石がいることに気づき、今までどこかに隠れていたのだ。

「別に大した話はしていません」

「本当か?」

「話されたら都合の悪いことでもあるんですか」

灰谷はじろりと睨《ね》め上げてきた。「どういう意味だ」

「特に深い意味はありません」

ふん、と灰谷は鼻を鳴らした。「まあ、いい。行こうか」

灰谷は歩きだした。片足を引きずっていないのを見て、「足、大丈夫そうですね」と倉木はいってみた。

「痛いけど我慢してるんだ。いっとくけど自転車になんてまだまだ乗れないんだからな」

当分運転手を務めろ、といいたいようだった。

この日、灰谷は珍しく金をせびってこなかった。何事か考えているのか、家に着くまでずっと無言だった。

事故からちょうど一週間目の昼間、千里が会社に電話をかけてきた。警察から連絡があったらしい。時間がある時に来てほしいとのことだったので、倉木は早退届を出し、警察署に向かった。

交通課の隅にある小さな机を挟んで、倉木は担当の警官と対面した。

「じつは迷ってるんですよ」担当者は書類を前にしていった。そこには現場の見取り図が描かれていた。傍らには倉木の車を撮影した写真もある。

「というと？」

担当者は写真を手にした。

「事故直後にあなたの車を調べましたが、接触した形跡を確認できなかったんです。こういっては何ですが、あの車、しばらく洗車してないでしょ？　かなり汚れていたので、接触したなら、その汚れが擦られた部分が必ずあるはずなんです。ところが、いくら調べても見当たらなかった」

「じゃあ、接触しなかったと？」

「そう考えるのが妥当だと思います。想像するに、あなたの車が迫ってきたので、灰谷さんが焦って自転車のハンドル操作を誤ったってところじゃないでしょうか。灰谷さんは、当たったのはたしかだと主張されているんですが、錯覚ではないかと思うわけです。とにかく、こちらとしては書類の作りようがなくて困っているんです。想像だけで書くわけにはいきませんからね」

要するに事故を証明するものが何もない、ということらしい。

「では、私はどうすればいいでしょうか」

「そこなんですよねえ」担当者は腕組みをした。「保険会社には連絡したんですか」

「いえ、まだです。事故の内容がはっきりしてからと思いまして」

「先方……灰谷さんとは何か話をされていますか。示談《じだん》のこととか」

「具体的にはまだ……。ただ、いろいろといわれてはいます」

　倉木は灰谷からの要求を話した。

「そんなことをねえ」担当者は難しい顔で考え込んだ後、「ちょっと待っていてくださ い」と席を外した。上司らしき人物のところへ行くと、何やら話し込んでいた。

　しばらくして担当者が戻ってきた。

「上とも相談したんですがね、十分に反省しているようだし、相手に誠意を見せてもいる。何でもかんでも処罰すればいいというものではないので、今回は見送ろうということになりました。今後はもう少し慎重に運転するようにしてください」

「あ……じゃあ事故としては処理されないんですか」

「事故を裏付けるものがありませんからね」

「でもそれで灰谷さんは納得するでしょうか」

「釈然とはしないでしょうね。しかしある程度、覚悟はしていると思いますよ。事故扱いにならないかもしれないということは、最初に仄《ほの》めかしておきましたから」

「えっ、そうなんですか」

「本当に車と接触したんですか、錯覚じゃないんですかと念押しした際、事故の形跡が認められないことも話しました。事故として処理するかどうか、精査して考えるとも」

「そうだったんですか」

初耳だった。灰谷はそんなことを一言もいわなかった。だがそう聞くと腑に落ちることがあった。灰谷はちょこちょこと小金を要求したが、初日以降、損害賠償という言葉を口にしなかった。どうせ取れないとわかっていたからではないか。

「あの灰谷という人物ですがね」担当者が声をひそめた。「気をつけたほうがいいですよ。事故として処理されないわけだから、あまり関わらないほうがいい。そんな運転手みたいなことも、きっぱりと断るべきです。事故の事実がない以上、あなたには何の義務も生じないわけですから」

「そうですね。はい、そうします」

警察官にここまでいってもらえると心強かった。

「病院で話をしたんですが、食わせ者です。大げさに痛がってましたが、ただの打撲だって話でしたからね」

「えっ、まさか」

倉木は治療費として三万円を払ったことを話した。

担当者は眉間に皺を寄せて首を振り、気をつけたほうがいい、と繰り返した。

警察署を後にし、倉木は胸を撫で下ろした。事故扱いにならないのなら、会社に知られても大丈夫だ。一刻も早く千里に教えてやろうと思い、公衆電話で自宅にかけた。彼の話を聞き、千里は声のトーンを上げて喜んだ。心から安堵しているのが伝わってきた。

「今夜はお祝いね。何か御馳走を作らなきゃ」

「いいねえ、楽しみにしてるよ」そういって電話を切った。鼻歌が出ていた。

それにしても頭に来るのは灰谷だ。これまでに何だかんだで十万円近く取られている。領収書はすべて保管してある。少なくとも半分は取り戻さねば、と思った。

時計を見ると午後五時半だった。かなり早いが事務所に行くことにした。それに今夜は灰谷を車に乗せる気はなかった。今夜だけではない。送り迎えなど、二度とするものかと思った。

事務所のドアを開けると、見知らぬ男が振り返った。スーツ姿で、ずんぐりとした体形だ。年齢は四十代半ばといったところか。表情が険しく、目に余裕がなかった。例の電話番の若者が奥にいた。マンガ雑誌から顔を上げ、倉木のほうを向いた。

「灰谷さんは？」倉木は訊いた。

「まだ帰ってません。それで俺も帰れなくて困っちゃって」若者は顔をしかめた。

どうしようか、と倉木は迷った。ここで灰谷の帰りを待つか。だが先客がいる。

結局、中には入らずにドアを閉めた。どこかで時間をつぶしてこようと思った。

近所に本屋があったので週刊誌を買い、最近オープンしたばかりのファミリーレストランに入った。カウンター席でコーヒーを飲みながら週刊誌を読み、一段落したところで時計を見たら、午後七時を少し過ぎていた。

しまった遅刻だ、灰谷に文句をいわれるぞ、と一瞬思ったが、すぐに考え直した。卑屈になる必要などない。毅然とした態度で、あなたに顎で使われる理由はない、といってやればいいのだ。

再び車で事務所に向かった。ビルの前の路上に車を止め、外に出たところで、見知った顔と出会った。電話番の若者だった。

「灰谷さんは戻ってきたのかな」

倉木の問いに若者は首を捻った。

「わかりません。あの後も帰ってこないものだから、もしかしたら喫茶店とかかなと思って捜しに行ったんだけど、どこにもいないんすよ」

「さっきはお客さんが来ていたみたいだけど」

若者は肩をすくめた。

「客っていうより、何か文句をいいに来たんだと思いますけどね」

「あの人は帰ったの？」

若者は首を振った。

「さあ、どうかな。まだいるんじゃないかな。二人きりだと気まずいんで、俺、出てきちゃったんですよ」

来客に留守番をさせているわけか。社長が社長なら、従業員も従業員だ。

ビルの階段を上がった。若者が事務所のドアを開け、入っていく。倉木も後に続いた。

若者の足が不意に止まった。そのせいで倉木は背中にぶつかりそうになった。

どうした、と訊こうとして倉木は前方に目をやり、息を呑んだ。

床の上で灰谷が仰向けに倒れていた。グレーのスーツ姿で、緩めたネクタイが顔にかかっている。

そして胸には黒々とした染みが広がっていた。それが黒ではなく濃い赤だということは、すぐにわかった。

若者が呻き声を漏らしながら後ずさりした。身体が小刻みに震えている。

「警察に連絡しないと」倉木がいった。声がかすれた。「早く」

若者は奥に目を向け、躊躇いの気配を見せた。電話に近づくには、灰谷の脇を通らねばならないからだろう。しかも電話の受話器が外れたままになっている。

「公衆電話のほうがいい。この部屋のものには、迂闊に手を触れちゃいけない」

指紋のことをいったのだが、若者がその意図を理解したかどうかはわからない。しかし彼は青ざめた顔で部屋を出ていった。

倉木は改めて灰谷を見下ろした。薄く瞼を開いているが、おそらくその目は何も見てはいないだろう。

すぐそばに包丁が落ちていた。べっとりと血が付いている。周囲をよく見ると、人が争ったような形跡があった。

遺体の脇を通って奥に進んだ時、コトリ、とベランダで物音がした。倉木はぎくりとして目を向けた。ガラス戸が開いている。

その向こうに人がいた。今まさに手すりを乗り越えようとしているところだった。

その人物もまた倉木のほうを見た。お互いの視線がぶつかった。

白石健介だった。先日会った時の温厚そうな顔が、険しく引きつっていた。

見つめ合っていた時間がどれぐらいかはわからない。たぶんほんの短い間だっただろう。その時間が過ぎた後、倉木は自分でも意外な行動に出ていた。

指紋が付かないよう気をつけながら、ゆっくりとガラス戸を閉めた。さらに白石健介に向かって、小さく頷きかけた。大丈夫、ここは自分が何とかする、とばかりに――。

その意図が伝わったのか、白石健介は頭を下げた後、手すりを乗り越えた。ここは二階だ。何とかして下りられるだろう。いざとなれば飛び降りればいい。

倉木はガラス戸のクレセント錠をかけた。ここでも指紋には気をつけた。こんなところを触れたことなど、決して警察に悟られてはならない。

消しておくべき指紋があった。倉木は床に落ちていた包丁を拾い上げ、ティッシュペーパーで柄を拭いた。包丁は、この部屋にあったものだ。犯行は衝動的なものだろう。

あの青年に、指紋を消す冷静さがあったとは思えなかった。

包丁を床に戻した直後、パトカーのサイレンが聞こえてきた。

最初にやってきたのは村松《むらまつ》という刑事だった。事務所の若者と共にあれこれと質問された。その後警察署に移動し、別の刑事から同じことを訊かれた。

ごくわずかなことを除いて、倉木は自分の知っていること、見聞きしたことを、包み隠さず述べた。ごくわずかなことというのは、無論、白石健介についてだ。ガラス戸を施錠したことや包丁の指紋を消したことも伏せておかねばならない。

事情聴取の後、ずいぶんと待たされたが、最後には、「遅くまで申し訳ありませんでした。御協力ありがとうございました」と丁重に見送ってもらえた。刑事は詳しくいわなかったが、その口ぶりから察するに、倉木にアリバイがあることが確認されたようだった。ファミリーレストランに問い合わせたのだろう。

帰宅すると千里が不安と困惑の色いっぱいの顔で待っていた。せっかく交通事故騒動から逃れられたというのに、今度は殺人事件の関係者になってしまったのだから無理もない。

だが倉木の話を聞くうちに、どうやら妙な火の粉が飛んでくる心配はなさそうだと思ったのか、徐々に落ち着いてきた。

「でも怖いわよねえ。一体、どんな人が犯人なのかな」不安が去ったからか、千里は好奇心を働かせ始めていた。

「さあね。胡散臭いことばっかりしてたみたいだから、恨んでた人間も多いんじゃないか」倉木は、そう応じておいた。もちろん白石健介のことは、妻にさえも話すわけにはいかなかった。

その夜倉木は布団の中で、自分の行為について振り返った。現場に偽装を施し、事情聴取で嘘をついたのだから、正しい行いであるはずはない。だがあの優しくて誠実そうな白石健介という青年に、こんな形で人生を棒に振ってほしくなかった。どう考えても悪いのは灰谷であり、刺されたのも自業自得だという気がした。昼間、交通課でいわれた言葉を思い出した。何でもかんでも処罰すればいいというものではない、と担当の警官もいっていたではないか。

ただ、警察は無能ではない。いずれは白石健介に辿り着き、何らかの証拠を摑むことも大いに考えられた。いや本人が出頭することもあり得る。

その時には正直に本当のことを話そうと倉木は思った。好青年だと思ったから庇いたかったといえば、罪には問われないのではないか。

容疑者が逮捕されたという報道が出たのは、事件から三日後のことだった。倉木が読んだ新聞記事によれば、捕まったのは福間淳二という四十四歳の電器店経営者で、灰谷とは金銭トラブルが原因で揉めており、事件当日も事務所を訪れていたことがアルバイトの男性によって証言されている、とのことだ。本人は事務所に行ったことは認めているが、犯行は否認している、と記事は結ばれていた。

あの男性だな、と倉木は見当をつけた。事務所で待っていた、ずんぐりとした体形の人物だ。そしてアルバイトの男性とは、例の電話番に違いない。

どんな裏付けがあって警察があの男性を犯人だと思ったのかは不明だが、完全に誤認逮捕だった。福間なる人物にしてみればとんだ災難だが、いずれ釈放されるだろう。

問題は、この報道を知った白石健介がどう感じるかだ。

名乗り出るかもしれないな、と倉木は思った。無関係な人間が逮捕されて、平気なわけがない。白石健介の自首を受け、自分のところにも刑事が来ることを倉木は覚悟した。

ところが――。

それからさらに四日後の夜、テレビで流れたニュースを見て、倉木は驚きのあまり箸を落としそうになった。

福間淳二が留置場で自殺したのだ。脱いだ衣類を細長く捻り、窓の鉄格子に結んで首を吊ったという。看守が目を離した隙のことだったらしい。

福間は自供しておらず、連日にわたり、取り調べが行われていたという。捜査の責任者は、取り調べは適正に行われていた、と会見で弁明していた。

どうしたの、と千里が尋ねてきた。「顔色、すごく悪いけど」

「いや、あの、そりゃあ……」倉木は咳払《せきばら》いをして続けた。「びっくりしたからだ。自殺なんて」

「そうだよね。犯人が自殺するなんて、考えもしなかった」

そうじゃない、あの人は犯人じゃない――そう答えるわけにもいかず、倉木は箸を置いた。食欲は消し飛んでいた。

その後、続報を待ったが、詳しいことは何もわからなかった。明らかに警察のミスなので、情報が制限されているのかもしれない。

白石健介から電話がかかってきたのは、土曜日の昼間のことだ。福間の自殺から四日が経っていた。たまたま千里が出かけていたので、倉木が受話器を取った。もしもし倉木さんのお宅ですか、という暗い声を聞き、彼の青白い顔が頭に浮かんだ。

「俺も君に電話しようかどうか迷ってたんだ。直《じか》に会って、話そうか」

はい、と白石は答えた。そのつもりで電話をかけたのだといった。

すぐに東京を出れば、午後五時過ぎにはこちらに来られるということだったので、六時に待ち合わせた。場所は、倉木のアリバイを証明してくれたファミリーレストランだ。

車に乗って約束の店に行くと、奥のテーブル席に白石の姿があった。明らかに憔悴しきっていた。

白石はまず、すみませんでした、と震える声で詫びた。

「俺に謝ったって仕方ないと思うけど」

倉木の言葉に、そうですよね、と青年は項垂れた。全身に悲愴感が漂っている。

「とりあえず、あの日何があったか、話してもらえるかな」

わかりました、といって白石はコーヒーカップに手を伸ばした。カップとソーサーの当たる音がかたかた鳴った。手が震えているからだった。

白石はコーヒーを口にした後、あの日の出来事を話し始めた。声は小さいし、記憶を辿っているのか、言葉を選んでいるのか、時折長い沈黙があったりした。だが通して聞いてみると、理路整然としており、矛盾もなかった。おそらく頭がいいのだろう。

その説明によれば、事件の内容は次のようなものだった。

祖母が契約させられた各種の金融商品について、白石は通産省消費者相談室に問い合わせてみた。するといずれも苦情や相談が相次いでいるもので、悪徳商法の疑いが持たれていることが判明した。

白石は、祖母は灰谷に騙されたのだと確信した。払った金が戻ってこないことを承知の上で、灰谷は悪徳業者を紹介したのだ。いや、業者に白石の祖母を「生け贄《にえ》」として差し出したといったほうがいいかもしれない。当然、何らかの見返りを受け取ったのだろう。

そこで白石は、改めて灰谷を詰問するために『グリーン商店』に出向いた。何としてでも責任を取らせるつもりだった。

事務所には灰谷が一人でいた。ただ明らかに様子がおかしかった。室内が荒らされたようになっている。乱闘でもあったかのようだ。

白石を見て、灰谷は口元を歪めた。「なんだ、今度はあんたか」

この言葉から、先客がいて、一悶着あったらしいとわかった。しかしそんなことは白石にとってはどうでもよかった。彼は通産省消費者相談室で聞いたことを話し、責任を取れと迫った。

灰谷はせせら笑った。自分は業者を紹介しただけで、最終的に契約を決断したのは婆さんなのだから、責任など一切ない、とこれまでの言い分を繰り返した。

怒りがこみ上げてきた白石が睨みつけると、灰谷は酷薄な目で見返してきた。

「あんたも殴りたいのか？　そんなに殴りたいなら殴らせてやるよ。ほら、好きにしなよ」そういって白石のほうに顔を出した。

白石がじっとしていると、ふん、と鼻で笑った。

「なんだよ、殴ることもできないのか。よくそんなんで、ここへ来たねえ。いい子だから帰りなさい。ぼくちゃん」

この台詞が白石を逆上させた。たまたま、流し台に置いてある包丁が目に入った。気がついた時には握りしめていた。

さすがに灰谷の顔から余裕の笑みは消えた。しかし海千山千の詐欺師は、易々とひるんだりはしなかった。

「殴らない代わりに刺すってか？　そんなことをしたら、どうなると思う？　あんたの人生、おしまいだぞ」

白石は悔しかったが、自分に刺せるわけがないことはわかっていた。屈辱感を嚙みしめながら、包丁をそばの机に置いた。

すると灰谷は何を思ったか、不意に受話器を取り上げた。

「包丁を置いたからって、話は終わらないよ。警察に通報させてもらうからね。れっきとした殺人未遂だ。そいつにはあんたの指紋が付いてる。言い逃れはできないな」

灰谷の言葉に白石は狼狽《ろうばい》した。彼の心中を察したように、灰谷はにやりと笑った。

「こうしようじゃないか。俺は警察に通報しない。その代わり、あんたは金輪際ここへは来ない。婆さんの件で騒いだりしない。それでどうだ？」

そんな取引に乗れるわけがなかった。いやだ、と白石は断った。

「だったら通報だ。舐めやがって。俺は本気だからな」

灰谷が電話のダイヤルに指を入れようとするのを見て、白石は再び包丁を握った。

ここから先、白石の記憶は少々混乱している。

灰谷が、「刺せるもんなら刺してみろ」といったように思うが、はっきりとは覚えていない。気づいた時には、体当たりをするように包丁を灰谷の身体に突き立てていた。

灰谷は崩れ落ち、そのまま仰向けに倒れた。包丁は白石の手に残っていたが、抜いたのか、灰谷が倒れた拍子に抜けたのかはわからない。

愕然としていると、誰かが階段を上がってくる足音が聞こえてきた。白石は包丁を放り出し、ガラス戸を開けてベランダに出た。戸を閉める暇はなかった。

誰かが部屋に入ってきた。見つかる前に逃げなければと思った。ベランダから下を見ると、何とかなりそうだった。意を決して手すりに跨《また》がった。その時、何かを蹴飛ばしてしまった。

室内にいる人物が近づいてきた。白石に気づいたらしく、目を見開いていた。知っている顔だった。交通事故を起こし、灰谷と揉めているという人物だった。もうだめだと思った次の瞬間、相手が意外なサインを送ってきた。小さく頷いたのだ。白石にはそれが、早く逃げろ、と促しているように見えた。

ありがとうございます――その思いを込めて頭を下げた。

「あんな男のせいで、一人の若者の人生が台無しになるなんて、そんなことはとても見過ごせなかったんだ」白石の話を聞き終えた後、倉木はいった。

「愚かなことをしてしまったと思います。本当に軽率でした」白石は俯いたままだった。

「それはその通りだけど、君が逆上した気持ちはよくわかる。話を聞いていて、灰谷の卑劣さに改めて腹が立った」

「そういってもらえると少し気が楽になりますし、倉木さんが見逃してくださったのも、事情を理解してもらってるからだとは思いました。それで御厚意に甘えて、自首しなかったんですけど……」

うん、と倉木は頷いた。

「事件のことは誰にも話してないね？」

「はい……こんなこと、誰にもいえません。母は僕の成長だけが生き甲斐だといいますし。でも……僕の代わりに逮捕された人がいて、しかもその人が自殺したと聞いて、もうどうしていいかわからなくなって……」白石は苦しげに呻くような声を出した。今にも泣きだすのではないかと倉木は心配になった。こんなところで泣かれたら厄介だ。

「正直いうと、俺も悩んでるんだ。君のことを警察にいわなかったばかりに、全然関係のない人に疑いがかかってしまった。おまけにあんなことになるなんて、想像もしなかった」

「僕はどうしたらいいでしょうか。やっぱり今からでも自首すべきだと思いますか」

白石の質問に、倉木は軽々しくは答えられなかった。今の事態を招いた責任の一端が自分にあることは、十分に理解していた。

「君のところに警察は来てないの？」

「来てないです。祖母のところへは一度だけ来たみたいですけど、大したことは訊かれなかったみたいです」

「灰谷のところにアルバイトの若者がいたけど、会ったことは？」

「ないです。あそこで会ったのは灰谷と倉木さんだけです」

「そういうことか……」

それならば警察が白石に目を付ける可能性は低いと倉木は思った。灰谷の顧客リストに白石の祖母の名前はあるだろうが、東京に住んでいる孫を疑う発想はないのではないか。

白石君、と倉木は徐に口を開いた。

「福間さん、だったかな。とても気の毒だと思うけど、誤認逮捕は警察の責任だ。それに失われてしまった命はもう取り返せないのだから、生きている人間の幸せを一番に考えるべきだと思う」青年の真摯な目を見つめ、倉木は続けた。「君や君のお母さんの幸せを」

「それで……それでいいでしょうか」白石が尋ねてきた。目が充血していた。

「いいんじゃないだろうか。もちろん、良心の呵責《かしやく》に耐えられないというのなら、君の好きなようにしたらいいと思うけど」

白石は何度も目を瞬かせた。深呼吸を繰り返した後、一度大きく頷いた。

「ありがとうございます。恩に着ます」

倉木は顔の前で手を振った。「そんな必要はない。元気でな」

「はい」

ありがとうございます、と青年はもう一度いった。

駅に向かう白石と別れた後、駐車場に止めてあった車に乗り込んだ。倉木自身も吹っ切れたような気持ちになっていた。あの青年が今回のことを悔いて、より一層誠実に生きていくことを望んだ。

生きている人間の幸せを一番に考えるべきだと思う――車のエンジンをかけながら、自分がいった台詞を反芻《はんすう》した。我ながらいいことをいったと悦に入った。

それが大変な間違いだったと思い知るのは、何年も後のことだ。

47

湯飲み茶碗が空になった頃、入り口のほうから人の気配がした。引き戸が開き、作務《さむ》衣《え》姿の中年女性が顔を覗かせた。「お連れ様がお見えになりました」

さらに引き戸が大きく開けられ、中町が入ってきた。

「すみません。お待たせしたみたいですね。ちょっと迷っちゃって」

「場所がわかりにくいからな」五代はいった。「大丈夫、俺もさっき来たところだ」

中町は古民家を模した室内を見回しながら、掘りごたつ形式の席に腰を下ろした。

作務衣姿の女性が中町にも茶を出し、五代の茶碗にも注《つ》ぎ足してくれた。

「食事の前に話したいことがあるので、料理を出すのを少し待っていただけますか」五代は女性にいった。

「かしこまりました。では、お始めになる時、インターホンで知らせていただけますか」

「わかりました」

女性が出ていってから、中町が再び室内に視線を巡らせた。

「こんな洒落《しゃれ》た店を御存じなんですね。さすがは捜査一課だ」

「俺だって上司に一回か二回、連れてきてもらっただけだ。だけど今夜は、周りの耳を気にしながら話をしたくなかったんでね」

日本橋人形町にある和食料理店に来ていた。静かに話せる個室がいいと思ったからだ。

「その話を聞くのが料理以上に楽しみだったんです。こちらには断片的なことしか伝わってこないので」

「その点は申し訳なかったと思う。公衆電話周辺の防犯カメラのチェックを頼んでおきながら、後はこっちだけで片付けてしまったからな。しかしなんせ、デリケートな問題がたくさんあった」

「財務省の官僚の息子で十四歳。たしかに厄介ですね」

「それもあるが、公判を控えてた被告人が釈放されるかどうかって話だ。検察との兼ね合いもあるし、本庁の幹部たちにはいろいろと思惑があったようだ」

なるほど、と中町は納得顔で頷いた。

「安西知希の身柄は現在自宅で軟禁中だが、明日、そちらの署に移送する予定だ」

「聞いています。その後、送検ですね？」

「その前に捜査一課長が会見を開く。少々騒ぎが大きくなると思うから、そのつもりで」

「それも聞いています。覚悟していますよ」

五代は茶を啜り、ほっと息を吐いてから中町を見た。

「殺害動機については聞いてるか？」

「聞きました。度肝を抜かれたっていうのは、ああいうのをいうんでしょうね。本当にびっくりしました。白石さんのほうが大昔の事件の真犯人だったとはね。で、それを倉木被告人……じゃなくて倉木氏が庇ってたってことだそうですね。ただ、そのへんの詳しい事情は知らないのですが」

「昔の事件のことは料理が始まってから説明しよう。何しろ長い話だからな。まずは今回の事件について、関係者から事情聴取した内容などを大まかに話しておこう。おたくの上司たちには伝わっているはずだが、どうせ君たちの耳には届いていないんだろう？」

「おっしゃる通りです。ただの兵隊ですから」

「俺だって似たようなものだが、たまたま詳細に触れる立場になった。だからこうして君には説明しておこうと思った次第だ。所轄でも確認作業が行われるだろうが、すべてを把握できるとはかぎらないからな」

「ありがとうございます」

「倉木氏が浅羽さん母娘に近づいた経緯については、最初に供述した内容と大差はない。違うのは倉木氏は犯人ではなく、犯人の白石さんを庇ったという点だけだ。それによって冤罪が生じ、浅羽さんたちを苦しめたことを償うために二人に近づいたらしい。もちろん、昔の事件に自分が関わっていたことは伏せていた。つい最近まではな」

「つい最近まで？　ということは……」

「一年ほど前、織恵さんだけには打ち明けたらしい。良心の呵責に耐えかねて、としか本人はいわないが、もう少し複雑な心理が絡んでいるようだ」

中町が首を傾げた。「どういうことですか」

「その点に関しては、織恵さん本人から聞いた話のほうが参考になった」

「彼女は何と？」

「うん、まあ、一言でいえば切ない話だ」

五代は、犯人隠避の疑いで浅羽織恵を取り調べた時のことを思い出した。これまでの流れで、五代が担当することになったのだ。

　私が倉木さんを好きになってしまったのです——寂しげな笑みを浮かべながら彼女が放った言葉が、五代の耳に張り付いている。

「親切で優しいからだけでなく、何より頼もしさに惹かれました。あの人と一緒にいると心から癒やされたんです。身も心も任せたくなり、ある時、思い切って気持ちを告げました。もちろん、倉木さんも私を憎からず思っているはず、という自信があったことは否めません。そしてその期待通り、倉木さんはそういってくださいました。自分も君のことが好きだと。だけどもう歳も歳なので、深い関係になるのはやめましょうといわれました。私は納得できませんでした。私を好きでないのならそういってくれればいいのにと責めました。すると倉木さんはすごく苦しげな顔になって、突然その場で土下座をされたのです。私は驚きました。そんなことをしてまで私と深い仲になるのが嫌なのかと思いました。でもそれから倉木さんが話し始めたことを聞き、気が遠くなるほどのショックを受けました」

　織恵の父である福間淳二が自殺する原因となった事件——『東岡崎駅前金融業者殺害事件』の犯人を知っていながら逃がしてしまった、と倉木は告白したのだ。到底信じられる話ではなかったが、そんな嘘を倉木がいうはずがない。

　頭の中が真っ白になりました、と織恵はその時の心境を語った。

「だが織恵さんによれば、ショックではあったけれど倉木氏を恨む気にはなれなかったそうだ。犯人を逃がさなければ父親が逮捕されることもなかっただろうが、誤認逮捕も被疑者の自殺も警察のミスだからってな。しかしまあ本当の理由は、倉木氏への好意が勝ったってことだろうと俺は睨んでいるんだけどね」

「五代さんの説に俺も賛成です。で、その後二人の関係に進展はあったんですか」中町が目に好奇の色を滲ませた。

「いや、結局そのままで、男女の関係には発展しなかったようだ。しかし気持ちの繋がりは強まったんじゃないかと俺は想像している。織恵さんは倉木氏から聞いたことを母親の洋子さんには話さなかった。つまり二人だけの秘密ができたわけだ。さらに織恵さんは倉木氏の誕生日にあるものをプレゼントした。何だと思う？」

「プレゼント？」予想外の質問だったらしく、中町は瞬きを数回した。「さっぱりわかりません。何ですか？」

「スマホ。スマートフォンだ。織恵さんの名義で契約している。今後の連絡はこれでお願いしますといって渡したそうだ。倉木氏が持っているのは旧式の携帯電話なので、思うようなコミュニケーションを取れず、ストレスを感じていたらしい。倉木氏は利用料金を支払うことを条件に受け取った。こうしてめでたく二人だけのホットラインができたわけだが、その結果として今回の事件が起きた」

「そうなんですか？」中町は表情を引き締めた。

五代は上着のポケットから手帳を出した。ここから先はメモを見たほうがよさそうだ。

「九月の半ば頃、倉木氏はインターネットで調べものをしていて、たまたま気になる名称を見つけた。『白石法律事務所』だ。白石という名字は珍しくないが、例の事件の真犯人だった青年が法学部生だったことを覚えていたので、気になって事務所の公式サイトを見た。そうして経営者の名前が白石健介であることや掲載されている顔写真から、あの時の青年に違いないと確信した。倉木氏は白石さんが立派に成功していることを喜びつつ、あの事件のことをどう受け止めているのか知りたくなり、思い切って電話をかけた。それが十月二日だ」

「事務所に着信記録が残っていたやつですね。それで五代さんが愛知県の篠目という町まで倉木氏に会いに行ったんでしたね」

「その通りだ。電話に出た白石さんは、倉木氏のことを覚えていたそうだ。そこで二人は会う約束をした。六日、東京駅近くの喫茶店で再会を果たした。その様子が店の防犯カメラに映っていて、倉木氏逮捕のきっかけとなったことは君も承知していると思う」

「もちろん、よく覚えています」中町は茶碗を手に頷いた。

「白石さんは事件について一時たりとも忘れたことなどなく、ずっと罪悪感に苛《さいな》まれていたらしい。犯行自体もそうだが、冤罪で自殺した福間さんの遺族にも申し訳ない気持ちでいっぱいだったそうだ。そこで倉木さんは、浅羽さんたちの話をした。それを聞いた白石さんがどんな行動を取ったかは、白石さんのスマートフォンが教えてくれた」五代は手帳に目を落として話を続けた。「位置情報記録によれば、翌七日、白石さんは門前仲町を歩き回っていた。おそらく『あすなろ』を捜していたんだろう。店を見つけると向かいにあるコーヒーショップに入った。さらに二十日、今度は同じコーヒーショップに二時間近くも滞在していた」

「浅羽さんたちの様子を知りたかったんでしょうね。でも、『あすなろ』を訪ねていくほどの勇気は出なかった……」

「事件発生直後に白石さんの家へ行った時のことを覚えているか？　白石さんについて

奥さんはこういっていた。このところ少し元気がなく、考え込んでいることが多かったように思うって」

「ずっと気になっていたんでしょうね。どうしたらいいか悩んでたんだ」

「弁護士を辞めることも覚悟していたんじゃないか、と俺は思う。足立区の町工場で、山田《やまだ》という作業員から話を聞いただろ？　特に用もないのに白石さんが訪ねてきて、仕事に慣れたか、なんてことを訊かれたといってた。弁護士を辞める前に依頼人たちの近況を確かめておこうとしたんじゃないかと思うんだ」

「そういえばそうでしたね。それに彼も、白石さんはどことなく元気がなかったといっていました」

　中町は顔をしかめて額を掻き、切ないな、と呟いた。

「一方の倉木氏もどうすべきか悩んでいた。散々迷った結果、白石さんのことを織恵さんに教える決心をした。電話ではうまく説明できないと思い、メールを出した。例のホットラインだ。そのメールが事件の引き金になった」五代は手帳から顔を上げた。「メールを盗み読みした者がいたんだ」

「それが安西知希？」

中町の問いに五代は首肯した。

「子供の頃から織恵さんの携帯電話やスマートフォンで遊んでいたので、ロックの解除方法は知っていたそうだ。面会のたび、織恵さんの目を盗んではメールを盗み読みしていたらしい。そうして白石さんのことを知った。十月二十七日、安西知希は白石さんの事務所を見に行った。中に入るかどうかは決めていなかった、と本人はいっている。ところが建物の前で立っていたら、たまたま白石さんが出てきた。安西知希がじっと見ていると、何か感じるところがあったのか、白石さんが、自分に何か用かと話しかけてきた。安西知希は名乗り、福間淳二の孫だといった。白石さんは驚いた様子だったが、これから急ぎの用事があるので改めて連絡してほしいといって名刺を出してきた。名刺には仕事に使う携帯電話の番号が記されていた」

中町は顔を歪め、頭を振った。

「白石さんの心境を想像すると胸が苦しくなりますね」

「全くだ。元々自分で蒔《ま》いた種とはいえ、同情の念は禁じ得ない」

「それで安西知希は白石さんに連絡を？」

五代は再び手帳に視線を落とした。

「三日後の三十日に電話をかけ、翌日の夕方に門前仲町で会う約束を交わしている。肝心なのは、その時すでに公衆電話を使っている点だ。携帯電話は持っていないと嘘をついたらしい。着信履歴が残ることを警戒したわけだ」

中町の目が険しくなった。「つまりその時点で犯行を……」

「決めていたということだ。本人もそういっている。十月三十一日、安西知希は以前から所有していたナイフをポケットに忍ばせて家を出た。江東区清澄まで行くと例の場所から公衆電話で白石さんにかけ、清洲橋の下のテラスに来てほしいといった。清洲橋を選んだのは、工事によってテラスが都会の死角になっていることを知っていたからだ。午後七時より少し前、白石さんがやってきたのを見ると、周囲に人がいないことを確認してからいきなりナイフで刺した。何度も頭の中でシミュレーションしたらしい。白石さんが倒れるのを見て、そのまま逃走した。手袋を嵌《は》めていたから指紋は残らないはずだった」五代は一旦手帳を置いた。「安西知希による犯行に関する自供内容は以上だ」

「以上？　えっ、どうしてですか？　白石さんの遺体は、港区海岸の路上に放置してあった車から見つかりましたよね。じゃあ、安西知希以外の誰かが車を移動させたということですか？」

「当然そうなる。ふつうの中学生に運転は無理だからな。そもそも遺体を車まで運べないだろう。それについて説明する前に、犯行後の安西知希の行動を話しておこう。彼は自宅に帰り、いつも通りに過ごした。犯行のことは誰にも話さなかった。翌朝、君も知っての通り、遺体が見つかって大々的な捜査が開始された。報道もされた。事件を知り、倉木氏は驚いた。白石さんのことを織恵さんにメールしてから何日も経っていない。まさかとは思ったが、織恵さんが事件に関わっているのではないかと心配になり、連絡してみた。だが織恵さんには全く心当たりがなかった。自分は白石さんに接触していないし、白石さんのことは誰にも話していないと倉木氏に返事をした。しかしその後であれこれ考えているうちに、倉木氏からのメールを盗み読みしたかもしれない人間が一人だけいることに気づいた」

「倉木氏から白石さんに関するメールを受け取った後、安西知希と会っていたんですね」

「そうだ。まさかそんなことがあるわけないと恐ろしい想像に怯《おび》えつつ、織恵さんは安西知希を呼び寄せた。メールを見たでしょうと決めつけるように問い質したところ、あっさりと認めた。それだけでなく、衝撃的なことも告白した」

中町は、ぐいと身を乗り出した。

「白石さんを刺し殺したのは自分だといったんですか？」

「その通り。地獄に突き落とされたような気分だった、と織恵さんはいってた」

五代は再び、織恵を取り調べた時のことを思い出した。知希から、白石さんを殺したのは僕だと明かされた状況を語る際には、魂が抜けたような顔をしていた。

「どうしても仕返しがしたかった、というんです。ずっと昔から、人殺しの孫だといわれて辛かったし、そのせいでお母さんとは離ればなれに暮らさなくてはならなくなった。お父さんは再婚したけれど、新しく来た女の人を母親だとは思えないし、その人が産んだ子供たちも弟や妹だと思えない。人殺しの孫だから仕方ないのかなと諦めてたけれど、倉木さんって人からのメールを読んで、そうじゃないと知った。その白石という弁護士のせいで、自分たちの家族はめちゃくちゃにされてしまった。そう思ったら、いてもたってもいられなくなったって」

息子の話を聞き、暗澹《あんたん》たる気持ちになったと織恵はいった。三十年以上も前の悲劇が知希の人生まで狂わせてしまうとは、自分たちは呪われていると絶望した。さらにはその呪いが解けてもいなかったのに安西弘毅と結婚し、子供まで産んでしまったことを今さらながら悔やんだという。

　当然のことながら、すぐに警察に連絡せねばと織恵は思った。だがその前に倉木に知らせておいたほうがいいと考え、その場で電話をかけた。その時のことを織恵は次のように語った。

「倉木さんはさすがに言葉を失っておられましたが、やがて、もっと詳しいことを知りたいとおっしゃいました。その口調は意外なほど落ち着いていて、事情を理解しておられないのではないかと思ったほどです。でもそんなことは全然なくて、知希君がそばにいるのなら代わってほしいといわれました。電話に出た知希は、ずいぶんと細かいことをいろいろと質問されていました。その後また、知希に代わって私が電話に出ました。倉木さんは、警察にいってはならないとおっしゃいました。自分が何とかするから、とにかく今は下手に動かないようにといわれました」

　その後、しばらく倉木からの連絡はなかったようだ。織恵は、いつ警察が自分たちのところへやってくるのだろうかと、びくびくしながら毎日を送っていたらしい。

「ここから先に関しては、倉木氏の供述に基づいて説明したほうがいいだろう」五代は改めて手帳をめくった。「安西知希から犯行の一部始終を聞いた倉木氏は、何としてでも少年を守らなければならないと考えた」

「すべての原因は三十年以上前の自分の過ちにあると思ったから、ですね？」

「もちろんそれはある。しかしそれだけではなかった。倉木氏は安西知希の話を聞き、ある人物の意図に気づいたんだ」

「ある人物……というのは？」

「ここでさっき君が指摘した疑問だ。安西知希は清洲橋近くで白石さんを刺したといった。ところが遺体が発見されたのは、報道によれば全く別の場所だ。その点を不思議に思った倉木氏が出した答えは一つだ。車は白石さん自身が運転した」

あっ、と中町が口を開けた。「白石さんは死んではいなかったんですね」

「瀕死の状態だったが、ぎりぎり動くことができた。思考力もあった。死の間際の消えゆく意識の中で、車を移動させなければならないと白石さんは考えた。おそらく携帯電話を処分したのも白石さん本人だ。車に乗り込む前に隅田川に投げ込んだんじゃないだろうか。車を移動させた後は、ハンドルを拭き、後部座席に横たわった。なぜそんなことをしたか。もういわなくてもわかるな」

「捜査を混乱させるためですね。車を移動させれば、子供の犯行だとはふつう思わない。

白石さんは最後の力を振り絞って安西知希を守ろうとした」

「倉木氏も、そう考えた。白石さんは、安西知希を守ることで過去の罪を償おうとしたんだと。だからこそ倉木氏は、その意図を尊重しようとした。東京から五代という刑事がやってきた時、時間の問題で警察が、自分や『あすなろ』に着目するだろうと考え、いざとなれば身代わりで自供する覚悟を固めた。その内容には絶対に齟齬《そご》があってはならない。どこをどう突かれても揺らがない筋書きを懸命に作り上げた。安西知希を守り、さらには浅羽さんたちの長年にわたる無念な思いを晴らす。その両方を満たす物語が、一九八四年の事件の真犯人は自分だった、というものだった。もちろん織恵さんとのホットラインであるスマートフォンも処分した。壊して三河湾に捨てたのは、プリペイド携帯ではなく、そのスマホだった」

　中町は頭痛を堪えるように両手の指先でこめかみを押さえ、ふうーっと長い息を吐き出した。

「何ともいえない気分です。人間というのは、そこまでできるんでしょうかね」

「聞いているかもしれないが、倉木氏は癌を抱えていて、老い先は長くないと覚悟しているそうだ。それにしても恐ろしいほどの精神力と知力だと思うよ。だけど織恵さんも辛かったはずだ」

「ああ……そうでしょうね」

「実際、本人もそういっている。倉木氏からいざとなれば自分が身代わりになるという話を聞いた時は、断固反対したと。だけど倉木氏の決心は固く、翻意させられなかったそうだ。そのうちに倉木氏が逮捕されたという報道を見て、どうしようもなくなったらしい」

当時の心境を語る織恵の悲しげな表情は、今も五代の瞼に焼き付いている。本気で死ぬことを考えた、と彼女はいった。

「私が知希と一緒に死ねば一番いいんじゃないかと思いました。その前に事実を警察に知らせておかなければと、手紙を書きかけたこともあるんです。だけどそんなことをしても倉木さんが悲しむだけだと思ったし、どうしていいかわかりませんでした」

倉木が逮捕された後で五代たちに会った時、この人たちが真相を見抜いてくれればいいのに、と思ったりもしたそうだ。

「そうすれば諦めがつくじゃないですか。倉木さんにも顔向けができます。だからこうなってしまって、今はよかったと思っています。真相を突き止めてくださってありがとうございます、と警察に感謝したい気持ちです。これは皮肉なんかじゃありません。本心でいっています」

涙を溢れさせながら織恵が発した言葉は、おそらく嘘ではないだろうと五代も思っている。だが聞き込みで彼女らと会っている間、そんな気配は微塵も感じさせなかった。この世の女は全員名女優——改めて思い知った。

織恵によれば、洋子に隠しているのも苦しかったらしい。洋子は何かに気づいていた様子だったが、二人でいる時には、事件に関することは一切口にしなかったという。

「以上が今回の事件の真相だ。ずいぶんと話が長くなってしまったな」五代は腕時計を見た。三十分以上が経っていた。

中町は唸った。

「何だか、話を聞いただけで腹がいっぱいになった気がします」

「じゃあ、料理はキャンセルするか？」

「いえ、いただきます。それにしても因果ってやつは厄介ですね。人殺しは、やっぱり人殺しを招くんでしょうか。三十年以上も経って、孫が復讐するとは」

「その点は俺には何ともいえない。長年、自分や家族が冤罪で苦しんだ。その原因となった人物を見つけたから殺した――言葉にすると単純だが、十四歳の少年を動かしたものはもっと複雑な心理で、大人には理解できないのかもしれん。それにしても……」五代は首を捻った。「あの笑いは何だったんだろう?」

「笑い?」

「かすかに笑ったんだ、安西知希が。公衆電話をかけた相手の名前をいう直前に。あの表情の意味が未だにわからない」

「へえ……」中町も当惑の色を浮かべた。

五代は腕を伸ばし、インターホンの受話器を取った。料理を出してくれるよう頼んでから受話器を戻し、茶碗に残った茶を飲み干した。

「さて、では料理をつまみながら、倉木氏が白石さんを庇うに至った、三十年以上前の出来事を話そうか」

「お願いします。ところで、あの二人はこれからどうなるんでしょうね」

「あの二人って?」

「白石美令さんと倉木和真氏です」

ああ、と五代は頷いた。

「光と影、昼と夜――彼等の立場は全く逆転したわけだな。しかしだからこそ、二人にしかわからないこともあるんじゃないか。もしかすると絆のようなものが芽生えているかもしれない」

中町が大きく目を開いた。「そんなことが起こりますか？　そんな奇跡みたいなことが」

「夢だよ、俺の。刑事ってのは、辛い現実ばかりを見せつけられる仕事だ。たまには夢ぐらい見させてくれ」

五代がそういった直後、失礼します、という声と共に入り口の引き戸が開けられた。

48

チャイムを聞き、玄関に出ていった。

ドアの外に立っていた佐久間梓を見て、美令は初めて会った日のことを思い出した。予想していたよりも若くて小柄、そして黒縁の眼鏡とスーツにバックパックを背負った出で立ちが印象的だった。この女性弁護士の容姿をじっくりと眺めるのは、あの時以来だ。何度も会っていながら、話し合ったり議論するのに頭がいっぱいで、相手を見ている余裕などなかった。

どうぞ、と美令は微笑んで迎え入れた。この世にいる数少ない味方だと思っているのは自分のほうだけだろうか。

「母は出かけています。映画を観てくるそうです」佐久間梓を居間に案内してから美令はいった。

「そうなんですか」佐久間梓は意外そうに目を丸くした。「何の映画ですか?」

さあ、とティーカップをテーブルに置きながら美令は首を傾げる。

「特には決めてなくて、時間が合いそうなものを観るんだと思います。たぶん何だっていいんですよ。佐久間先生のお話を聞きたくないだけなんです。家にいたら気になって聞き耳を立てたくなるに違いないから、出ていったんだと思います。何の映画を観るのかわかりませんけど、きっとストーリーなんて頭に入らないに決まっています」

佐久間梓は困ったように眉尻を下げた。

「私はそんなに悪い話をしに来ると思われているんでしょうか」

「怯えているんです。どういう用件かはわからないけれど、どうせいい話であるわけがない。新事実なんてもう何も聞きたくない——そういうことだと思います」

佐久間梓はテーブルに視線を落とした。「たしかに、あまりいい話はできませんね」

美令は膝の上で両手を重ね、深呼吸をした。

「あたしは大丈夫ですから、どうぞ遠慮なくお話しになってください」

佐久間梓から電話があったのは、今日の昼前だ。相談したいことがあるので家に行ってもいいかと尋ねられ、構いませんと答えたのだった。

「犯人の少年の扱いがどうなっているか、現状を御存じでしょうか？」

女性弁護士の問いに美令は首を横に振った。「いいえ、何も」

あの事件に関する報道は、一切見聞きしないようにしている。

「少年は十四歳以上ですから、刑事事件の責任を負わされます。しかも重大事件なので、逮捕された後、送検されました。ただしその後、家庭裁判所に送致されました。家裁では改めて事件を調査して、少年鑑別所に送るか、少年院送致、保護観察、不処分、そして検察への逆送のいずれかを決めます。十四歳の少年が逆送されることは珍しいのですが、今回は殺人事件であることから検察に送られました。つまり今後は大人と同様に裁判が行われ、判決が下されるわけです」

佐久間梓が淡々と語った内容を聞いても、美令に特に感想はない。そうなんですかと答えたが、他人事《ひとごと》だと思っているように聞こえただろう。

「そこで担当検事より、白石さんが被害者参加制度を使われるかどうかについて問い合わせがありました。私に連絡が来たのは、被告人が倉木達郎氏だった時に参加弁護士を務めていたからだと思います。私は、わかりません、と答えておきました。仮に活用されるにしても、私が参加弁護士になるかどうかも不明だと。ただ、私のほうから白石さんの意向を確認してもいいといってみたところ、思った以上に多くの情報を提供してくれました。そこで、それについてお話ししたいと思い、御連絡させていただいた次第です。もちろんこれは私が勝手にしていることですから、何らかの報酬を要求する気はありません」

「わざわざありがとうございます」美令は頭を下げた。「でも事件の詳細については警察からもある程度説明を受けておりますし、特に知りたいこともないんですけど」

「それはそうかもしれませんが、検察の捜査によって判明した新事実もあります」

「新事実……ですか」

これ以上まだ何があるのか。嫌な予感がした。

「新たな被告人に関しては、それが争点となりそうなのです。そのことについて少し説明させていただけますか」

あまり聞きたくなかったが、逃げだすわけにもいかない。お願いします、といって姿勢を正した。

佐久間梓はティーカップを脇に動かすと、バックパックからファイルを出し、テーブルの上で開いた。

「倉木達郎氏が被告人だった時と同様、今回も事実関係では争われません。争点は動機です。被告人の少年は、冤罪によって祖母、母親が長年苦しみ、自分もまた両親の離婚、周りからのいじめといった苦難を強いられてきた。だから真犯人を知り、復讐心から犯行に及んだと主張してきました。ところが検察が少年の担任教師や同級生などから聞き取り調査をした結果、その主張に疑念が生じてきたそうです」

えっ、と美令は声を漏らした。「それが動機じゃないんですか？」

佐久間梓は俯いたまま黒縁眼鏡を指先で押し上げ、ファイルに視線を落とした。

「小学生時代の一時期、祖父が人殺しだという噂が流れ、周りから白い目で見られたことはあったようだが、いじめのようなものは確認されていない。現在通っている中学でも同様で、特段差別的な環境にはなかったと判断される、と検事は見解を述べています。そこで検事は少年本人に、これまでどのような目に遭ってきたか、祖母や母親から今までどのように苦しんできたと聞いているのか、具体的に問い質したようです。それに対する少年の回答は極めて曖昧で、どうやら祖母や母親から何らかの苦労話を聞かされたわけではなく、自分が頭の中で勝手に物語を作り上げていただけらしいと判明してきたのです」

「でも、それなら復讐しようという気にならないのでは？」

佐久間梓は顔を上げて頷き、再びファイルを見つめた。

「検事も同様の疑問を抱き、復讐を決心するまでの心境を徹底的に問い詰めたそうです。すると被告人の少年は、それまでとは全く色合いの違う犯行動機を述べ始めたのです」

「色合いが違う……とはどういうことでしょうか」

少年は、といって佐久間梓が美令に強い視線を送ってきた。

「殺人に興味があったというのです」

女性弁護士の言葉を理解するのに、ほんの少し時間がかかった。数秒の沈黙の後、えっ、と発した。「興味？」

佐久間梓はゆっくりと頷いてから、改めてファイルに目を落とした。

「小学生の時、祖父が殺人犯だったことが周囲に知られ、いじめられるどころか、むしろ恐れられていると感じ、人殺しという行為の影響の大きさに関心を持つようになった。やがては、人を殺す時の気持ちがどんなものか知りたくなり、人を殺してみたいと思うようになった。もちろん殺人が重罪であり、その罪を犯せば人生を棒に振ることは理解していたので、その黒い欲望は想像の中だけに押し込めていた。ところが倉木氏から母親に送られたメールを盗み読みしたことで、その状況が一変した。人を殺す動機を得たと思った。長年の恨みを晴らすためだったとあらば、世間も許してくれるのではないか、刑罰も軽くなるのではないか、と考えた。その思いは瞬く間に膨れ上がり、行動に移す原動力となった――少年の供述を要約すると以上のようになるそうです」

美令は平衡感覚が狂ったような感覚に襲われた。ふらつくのを防ぐためにテーブルに手をついた。「まさか、そんなふうに……」

「白石さん殺害後、犯行をどこまで隠すかは自分でも決めていなかったそうです。何らかの証拠を突きつけられたら、抵抗せずに白状するつもりだったとか」

美令は胸に手を当てた。鼓動が速くなっている。

「倉木さんが身代わりで逮捕されたことについては何と?」

「よくわからなかったといっているみたいです。大人たちが庇ってくれたと認識はしているようだけれど、詳しい事情は理解していなかったらしい、と検事はいってました」

美令は胸を押さえ続け、気持ちが落ち着くのを待って口を開いた。

「たしかに色合いがずいぶんと違いますね。事件の見方も変わるかもしれません」

「その通りなんです。担当検事の見解はこうです。被告人の少年は全く反省していないし、それどころか未だに自分の行為を正当化している。自分や家族の無念な思いを晴らすという動機は、殺人欲求を満たすために後付けで設定されたものにすぎず、その心は歪んだままである。少年に同情したり、少年の行為を正当化あるいは賞賛する空気が世間に漂っていることも看過できず、検察としては強い態度で公判に臨みたい、とのことでした。そこで遺族である白石さんたちに、被害者参加制度を使われるかどうか確認してほしいといわれたわけです」

ファイルから顔を上げ、いかがなさいますか、と佐久間梓は尋ねてきた。

美令は首を深く曲げ、頭の後ろで両手を組んだ。そのまましばらく考えてから、元の姿勢に戻った。

「母と相談してみますけど、おそらく裁判には参加しないことになると思います」

「そうなんですか」佐久間梓の顔に、かすかに落胆の気配が浮かんだ。「理由を伺ってもいいですか」

「うまくいえないんですけど、ひと言でいうなら、納得したから、ということになります」

「納得……できましたか」

釈然としない様子の女性弁護士に、はい、と美令はきっぱりと答えた。

「今日、お話を聞けてよかったです。これでもう何ひとつ疑問は残っていません。そうなのか、そういうことで父は死ぬことになったのかって、全部わかりました。少年にどんな判決が下されるか、検察や弁護人の方々には重要かもしれませんけど、あたしにとってはどうでもいいことです。それに純粋な復讐心ではなく、歪んだ心が犯行の原動力だったとしても、歪ませたのは父です。刺された後、父が自分で車を移動させたってことも聞きました。父は死んで罪を償った、そういうことなんだと思います。あの朝――」美令は、すうーっと呼吸を整えてから再び口を開いた。「事件が起きる日の朝、父が雪の話をしたんです。今年の冬は雪がたくさん降るだろうかってことを。昔、よく家族でスキーに行きましたけど、最近はすっかり足が遠のいています。今思えば、たぶん父は幸せだった頃を振り返っていたんですね。そしてその幸せな日々は、もう手放さなければならないと覚悟していたんだと思います。だから息を引き取る時も、父はきっと無念ではなかったはずです」

佐久間梓は、ふっと息を吐いて頷いた。

「わかりました。では担当検事には、そのように伝えておきます」

「よろしくお願いいたします」

佐久間梓はファイルをバックパックにしまい始めた。「お仕事には行かれてるんですか」

「今は休職しています。でもたぶん、このまま辞めることになると思います。時効になっているとはいえ、殺人犯の娘を受付に置いておける会社はないでしょうから」

佐久間梓は悲しげな目をした。「やっぱり、周りに変化がありましたか」

「周りどころか、日本中の人々から嫌われています。固定電話は解約しました。嫌がらせの電話が多すぎて。あと、いろいろと郵便物も届きます。罵倒する手紙だけでなく、カミソリや謎の白い粉とか。あまりに悪質なものは警察に届けていますけど、きりがないので、最近は放っておくことが多いです」

佐久間梓は辛そうに眉をひそめた。

「時間が経てば状況は変わると思います。日本人は熱しやすく、冷めやすいですから」

「そうだといいんですけど。母といってるんです。いっそのこと海外に移住しようかって。でも、その先どうやって生きていけばいいのかわからないし、そもそもそんな金銭的余裕がありません」美令は肩をすくめ、ふっと唇を緩めた。「不思議な話ですよね。少し前まで被害者の遺族だったのに、今は加害者の家族だなんて」

「被害者の御遺族であることには変わりがありません。だから裁判にも参加されたらいいと思うんですけど」

「その話はもうしないでください。佐久間先生には、本当にお世話になりました。我儘《まま》をいって困らせたこともありましたよね。謝ります」

佐久間梓はバックパックを膝の上に置き、小さく首を傾げた。

「時々、ふと思うことがあるんです。倉木氏が自供したというのに、美令さんはその内容に納得できず、真相を突き止めようとされましたよね。それを私が、もっと強く止めておけばよかったのかなって。そうすれば……ええと、何というお名前でしたっけ？

例の優秀な刑事さんは？」

「五代さん」

「そうそう、その五代刑事が事件に疑問を抱くこともなく、今のような状況にもならなかったかもしれないって」

「そうして倉木さんが有罪になってめでたしめでたし、ですか？　佐久間先生、それで本当にいいと思います？」美令は女性弁護士の顔を覗き込んだ。

佐久間梓は顔をしかめ、かぶりを振った。「失格ですよね、法律を扱う者として」

「あたしだって何度も同じことを考えました。余計なことをしてしまったのかなって。だけど真実が明らかになって、救われた人もいるでしょう？」

誰のことをいっているのか、佐久間梓はすぐにわかったようだ。

「倉木さんの息子さんのことですね」

「あの方こそ、加害者の家族としてとても辛い目に遭われていました。今はきっと、以前の日常を取り戻せているんじゃないでしょうか。そう考えると、自分の行為は間違いではなかった、人として正しいことだったんだと思えます。あの方が幸せになれたのなら、あたしにとっても救いです」そういいながら美令は、二人で歩いた『やきもの散歩道』の光景を思い出していた。

49

倉木和真が久しぶりに『あすなろ』を訪ねることにしたのは、清洲橋での事件発生から一年半ほどが過ぎた頃だった。門前仲町の商店街を歩きながら、もし店が廃業していたらどうしようかと考えた。店を閉めただけでなく、住居を移している可能性もあった。いろいろと手を尽くせば、連絡先ぐらいは得られるかもしれない。しかしそうまでして会うべきかと問われれば、何とも答えようがなかった。今日にしても、あれこれと迷いながらやってきたのだ。

やがて例のビルの前に辿り着いた。見上げると『あすなろ』の看板は出ている。しかし実際に店が営業している保証はない。

前にここへ来た時のことを思い出した。花を手向ける白石美令の姿を隅田川テラスで見かけた後、歩いてここまでやってきたのだ。あの時、このビルから浅羽織恵と少年が出てきた。今思えば、あの少年が安西知希、即ち白石健介を殺害した真犯人だったのだ。

顔に幼さの残る、そんな残虐なことなど到底できそうにない少年だったが、人間というのは見かけだけでは何もわからないものだと改めて思う。

和真は細い階段を上がっていった。『あすなろ』は、まだあった。入り口に『準備中』の札が掛けられているだけでなく、引き戸の隙間から明かりが漏れている。

和真は深呼吸をしてから引き戸に手をかけた。

店内は前に来た時のままだった。清潔感のある上品なテーブルが並んでいる。その一つを腕まくりをして拭いている女性がいた。浅羽織恵だった。彼女は顔を和真のほうに向けると、電池が切れた人形のようにぴたりと動きを止めた。

「いきなり、すみません」和真は謝った。「電話で済ませようかとも思ったのですが、どうしても直に会って御報告したいことがありまして」

ごほうこく、と織恵の口が呟いた。それから彼女は拭き掃除の用具を脇に片付け、「御無沙汰しています」と両手を身体の前で重ねて頭を下げてきた。

「今、少しだけいいですか。すぐに帰りますので」

「大丈夫です。お茶を淹れますので、お掛けになっていてください」

「いえ、お構いなく」

だが和真の声が耳に届かなかったのか、織恵はカウンターの向こうへ行った。そばの椅子を引き、腰を下ろした。てきぱきと茶の支度をする織恵は、少し痩せたようだ。店内を見回したところ、やはり大きな変化はない。

「お母さんはお休みですか？」和真は浅羽洋子のことを訊いた。

「最近はめったに店には出ません。すっかり老け込んじゃいました」織恵がトレイに湯飲み茶碗を載せて戻ってきた。どうぞ、と和真の前に置いてから向かいの席に腰を下ろした。

和真は、いただきます、といってひと口だけ飲んで茶碗を置いた。

「お元気でしたか？」織恵が訊いてきた。

「まあ、何とか」

「お仕事は？」

「会社に復帰しました。前とはずいぶん仕事内容が変わりましたけど」

顧客と顔を合わせずに済む職場に異動したのだが、そこまで細かいことを織恵に話す必要はないだろう。

「たしか広告のお仕事をされてるんですよね。それはよかったです。お父さんも安心なさったんじゃないでしょうか」

「その父ですが」和真は背筋を伸ばし、敢えて笑みを浮かべていった。「先週、永眠しました」

えっ、と声を発した状態で織恵は表情を止めた。

「半年ほど前に癌の転移が肺にも見つかって、愛知県の病院で治療を続けていたんですが、結局助かりませんでした」

織恵の目がみるみる赤くなった。手の甲で目元を押さえた後、すうっと呼吸した。

「そうですか。それはとても悲しいお知らせです。お悔やみ申し上げます」

「父と最後にお会いになったのはいつですか」

あれはたしか、と織恵は記憶を辿る顔になった。

「知希が逮捕されてからひと月ほど経った頃だったと思います。この店にいらっしゃいました。あなたは御存じなかったんですか」

「聞いてませんでした。その頃なら、すでに安城の自宅に戻っていたはずです。僕に内緒で上京したみたいですね。父とはどんな話を？」

ほっと息を吐いてから織恵は口を動かした。

「改めて謝られました。知希君を守ってやれなくて申し訳なかったって。だから私はいったんです。倉木さんがしたことは間違いでしたよって。倉木さんは昔と同じ間違いをしてしまったんだって」

「同じ間違い？」

「あの時も真犯人を知っていながら逃がした。それがそもそもの間違い。そこからいろんな歯車が狂ってしまいました。そうでしょう？」

和真は顔をしかめ、眉の上を掻いた。

「そんなことをいわれて、親父の奴、さぞかし応えただろうなあ」

「返す言葉がないとおっしゃってましたね」織恵は目を細めた。「あなたは？　お父さんとはゆっくり話をされたんでしょうか」

「事件についてなら、釈放された翌日に父から聞きました。三十年以上も前のことと今回のことを。それでようやく納得できました。今あなたがおっしゃったように、たしかに父のしたことは大間違いなんですが、父らしいな、とも思うんです。やたらと責任感が強くて、自己犠牲を厭《いと》わない」

「それはそうかもしれませんが、そのせいで周りの人間、特に自分の子供にまで苦労させるのはよくないですよ」織恵は眉根を寄せた。

「ところが、父によればそれが必要だったそうです」

「必要？　どういうことですか」

「身代わりになって逮捕されたこと自体は、そんなに辛くなかったというんです。病気で寿命がそんなに長くないとわかっていたので、死刑も怖くなかったと。でも自分のせいで息子が、つまり僕が世間から冷たい目で見られたり、職を追われたりするのではないかと思うと、心苦しくて眠れなかったそうです。そして、この辛さこそが本当の罰なんだと気づいたといいました。これを受け止めることこそが自分に課せられた運命だと」

　顔を歪めてそんなふうに苦悩を吐露した父親の姿を、和真は昨日のことのように覚えている。その話を聞き、得心がいった。たしかに自分が罰せられることより、家族が迫害されるかもしれないという恐怖のほうが苦痛かもしれない。

「倉木さんがそんなことをねえ……そうですか」複雑な思いを嚙みしめるように織恵が視線を彷徨《さまよ》わせた。

　和真は店内をさっと見回してから彼女に目を戻した。

「お店のほうはいかがですか。特に変わりはないように感じますけど」

「経営状態のことをお尋ねなら、良くはないけどさほど悪くもないとお答えしておきます。インターネットにはいろいろと書かれているらしいですけど、元々、お馴染みさんに支えられてきた店ですからね」

「それならよかったです」

一連の出来事は、インターネット上では『清洲橋事件』という名称で拡散した。固有名詞は伏せられているが、「犯人の少年の母親が経営する門前仲町にある居酒屋」が『あすなろ』だと気づく者も少なくないだろう。

そうした記事や書き込みを和真は極力見ないようにしているが、友人の雨宮《あまみや》によれば、「身代わりに逮捕された愛知県在住の男性」に関しては、概《おおむ》ね好意的に表現されているものが多いらしい。犯人の少年に対しても同情的な意見が多く、逆に「かつて殺人を犯しながら時効になり、平然と弁護士をしていた被害者」への非難が苛烈だという。

とはいえ世間は飽きっぽいものだ。最近では殆ど話題になっていない様子で、和真もあまりびくびくせずにインターネットを利用できる。

「じつは死ぬ前に父がいい残したんです。浅羽さんたちを助けてやってほしいと。もしおまえに余裕があるのなら、遺産の何割かは譲ってやってもらえないかと」

すると織恵が右の手のひらを向けてきた。

「その話は倉木さんとしましたよ。きっぱりとお断りしたんですけどね」

「父からもそのように聞いてはいます。でもやはり、一応確認しておかなくてはならないと思いまして」

「お気遣いありがとうございます。そのお気持ちだけ頂戴しておきます。励みになりますので」織恵は頭を下げていった。

口調は柔らかいが、発せられた言葉からは決意と覚悟が感じ取れた。人に甘えずに生きていこうとしているのだ。その意志を敢えて揺るがす必要はない。わかりました、と和真は答えた。

安西知希にどんな刑罰が下されたのか、気にはなったが尋ねないことにした。少年ではあるが、一定期間は拘束されるのだろう。その後は父親ではなく、この女性が引き取るのではないか。そんな気がした。

腕時計を見ると開店時刻の午後五時半が迫っていた。和真は立ち上がった。

「この後に予定があるので、今日はこれで失礼します。次は友人を誘って客として来ます」

「それは是非。お待ちしております」織恵は嬉しそうに目を見開いていった。

ビルの外に出てから、和真は上着の内ポケットから一枚の葉書を取り出した。そこには、『事務所移転のお知らせ』と印刷されている。

予定があると織恵にはいったが、はっきりと決めているわけではなかった。この葉書の差出人に達郎の死を知らせるべきかどうか、まだ決めかねている。

道路脇に立つと、空車のタクシーがやってきた。和真は迷いつつも手を上げていた。タクシーに乗り込むと、「飯田橋へ」と告げていた。さらに葉書に描かれている地図を運転手に見せた。

目的のビルの前に到着した時には、まだ六時になっていなかった。和真はビルを見上げ、何度か深呼吸をしてから足を踏み出した。

エレベータに乗り、四階で降りた。すぐそばに入り口のガラスドアがあり、『佐久間法律事務所』と表示されていた。ドアの向こうにカウンターが見えるが、誰もいない。

和真が入り口に近づくと、ガラスドアが自動的に開いた。はい、とどこからか声がして、カウンターの横にあるカーテンが開き、女性が現れた。ブラウスの上に紺のカーデイガンを羽織っている。彼女は和真の顔を見て、息を呑む顔をした。

白石美令だった。以前と変わらず美しいが、印象が少し違うのは髪を短くしたせいかもしれない。だが常滑からの帰り、東京駅で別れた時に比べれば、顔の血色が良くなっている。会うのは、あの日以来だった。

「お久しぶりです」和真は頭を下げた。

美令は、ふうーっと長い息を吐いた。「どうしてここに？」

「いや、それは、お知らせをいただいたので……」

「お知らせ？」

「これです」和真は例の葉書を差し出した。「あなたがくれたんじゃないんですか」

美令は葉書を手にし、宛名を確認してから首を振った。「あたしは知りません」

「では誰が……」

葉書の差出人の欄には『弁護士　佐久間梓』と印刷してあるが、その横に手書きで、『白石美令（事務）』と記されているのだ。

「美令さん、どうしたの？」カーテンの向こうから声が聞こえ、黒い眼鏡をかけた小柄な女性が現れた。

「先生、これに覚えがありますか？」美令が葉書を見せた。

眼鏡の女性は葉書を受け取り、宛名を見て頷いた。「はい。私が出しました」

「どうして？」美令が訊く。

「美令さんにとって、それがいいんじゃないかなと思ったからです」

「あたしに？」

眼鏡の女性は笑みを浮かべて葉書を和真に返すと、カーテンの向こうに消えた。それからすぐにまた現れた。コートとバックパックを手にしている。

「私は先に失礼します。美令さん、後をお願いね」

「あ……お疲れ様でした」

佐久間梓と思しき女性は、和真に意味ありげな微笑を向けてから事務所を出ていった。

和真は美令のほうを向いた。「いつからここで？」

「去年の夏です。事務所移転を機に事務の人を雇おうと思っているのだけれど、よかったら手伝ってもらえないかといわれたんです」

「あの方とはお父さんの繋がりで？」

「きっかけはそうですけど、被害者参加制度を使おうとした時、参加弁護士を引き受けてくださった方です」

「あ……そうでしたか」

被害者参加制度——その言葉を耳にしたのはずいぶん昔のような気がした。

美令は気まずそうに俯いている。話の継ぎ穂が見つからないのだろう。

じつは、と和真はいった。「父が先週亡くなりました」

えっ、と美令が顔を上げた。

「元々、癌を抱えていたんです」

「そうでしたか。それは、あの……お気の毒なことでした。御冥福をお祈りいたします」

「ありがとうございます」

「今日は、そのことを伝えにわざわざ?」

「そうなんですけど……」和真は息を整えてから続けた。「それは表向きの理由です」

「表向き?」

「本音は全く別のところにあるということです。正直いうと、葉書を貰った後、すぐにでも来たかったんです。でも勇気が出ませんでした。父が死んで、いい口実ができたと思って、それで今日来たんです。あの日のことが——」和真は美令の目を見つめた。

「常滑に行った日のことが忘れられません。たぶん一生忘れないと思います」

美令が目を伏せた。「……あたしもそうです」

「とても辛い一日でしたからね。ただ、忘れたくないこともあります。帰りの新幹線で、あなたと手を繋いだことです。うまくいえないけれど、何かをわかり合えたような気がしました。だから……だから今日、来たんです」和真は下を向き、右手を差し出した。

「また手を繋いでもらえませんか、といいたくて」

相手に気持ちが伝わり、応えてくれることを期待した。

しかしその手が握られることはなかった。和真がおそるおそる顔を上げると、美令は両手を重ねて胸に当て、じっと斜め下を見つめていた。

「生きている資格があるんだろうかって思うこともあるんです」細い声でゆっくりと話し始めた。「人を殺しておきながら罪を逃れ、ふつうの生活を送って家庭まで築いた。そんな男の子供が生きていてもいいんだろうかって。母は父とは他人です。でもあたしの身体には殺人者の血が流れています。もしあたしが子供を産んだら、その子にも血が受け継がれます。それは許されることでしょうか?」

和真は出していた右手を下げた。

「僕だって、先祖を辿れば人殺しの一人や二人はいると思います。昔は戦争だってあったわけだし」

「そうかもしれませんね」美令は力なく笑った。「佐久間先生からいわれたんです。罪と罰の問題はとても難しくて、簡単に答えを出せるものじゃない。そのことをこれからも深く考え続けるだろうと思うから、あなたに仕事を手伝ってほしいんだって。二人で一緒に答えを見つけましょうと」

重い言葉だった。それが胸の内に沈んでいくのを和真は感じた。

「罪と罰の問題……ですか。すみません。僕も決して何も考えていないわけではないんですが、軽はずみな行動でしたね。謝ります」

いいえ、と美令は首を振った。

「あなたのお気持ちはとても嬉しいです。もしいつかあたしが何らかの答えを見つけられたなら、そのことをお知らせします。まだあなたのほうに手を差しのべてくださるお気持ちが残っていたなら、その時こそお応えしたいと思います」

和真を見つめる目は、この言葉が嘘やごまかしでないことを物語っていた。まだ彼女には時間が必要なのだ。そしてその時間を与えられる人間――待っていてやれる人間も必要なはずだった。

わかりました、と和真はいった。

「今日は帰ります。でも忘れないでください。その日がどんなに先であろうとも、僕は手を差しのべます。約束します」

ありがとうございます、といって美令はにっこり笑った。

その頬に涙がひとしずく流れた。

この作品は二〇二一年四月小社より刊行されたものを文庫化にあたり二分冊にしたものです。

白鳥《はくちょう》とコウモリ（下）

東野《ひがしの》圭吾《けいご》

令和6年4月5日　初版発行
令和6年11月30日　11版発行

発行人――石原正康
編集人――高部真人
発行所――株式会社幻冬舎
〒151-0051東京都渋谷区千駄ヶ谷4-9-7
電話　03(5411)6222(営業)
　　　03(5411)6211(編集)
公式HP　https://www.gentosha.co.jp/
印刷・製本―中央精版印刷株式会社
装丁者――高橋雅之

幻冬舎文庫

ISBN978-4-344-43371-7　C0193　ひ-17-4